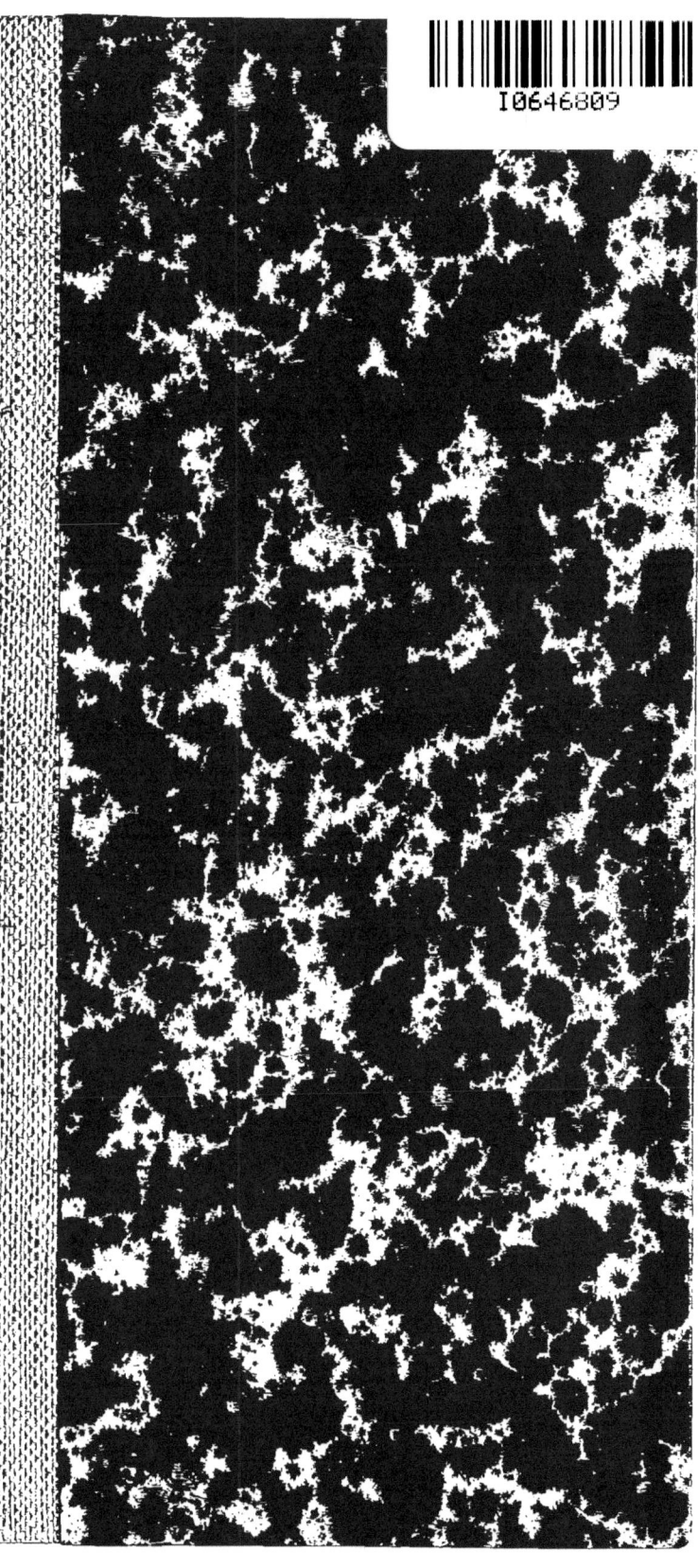

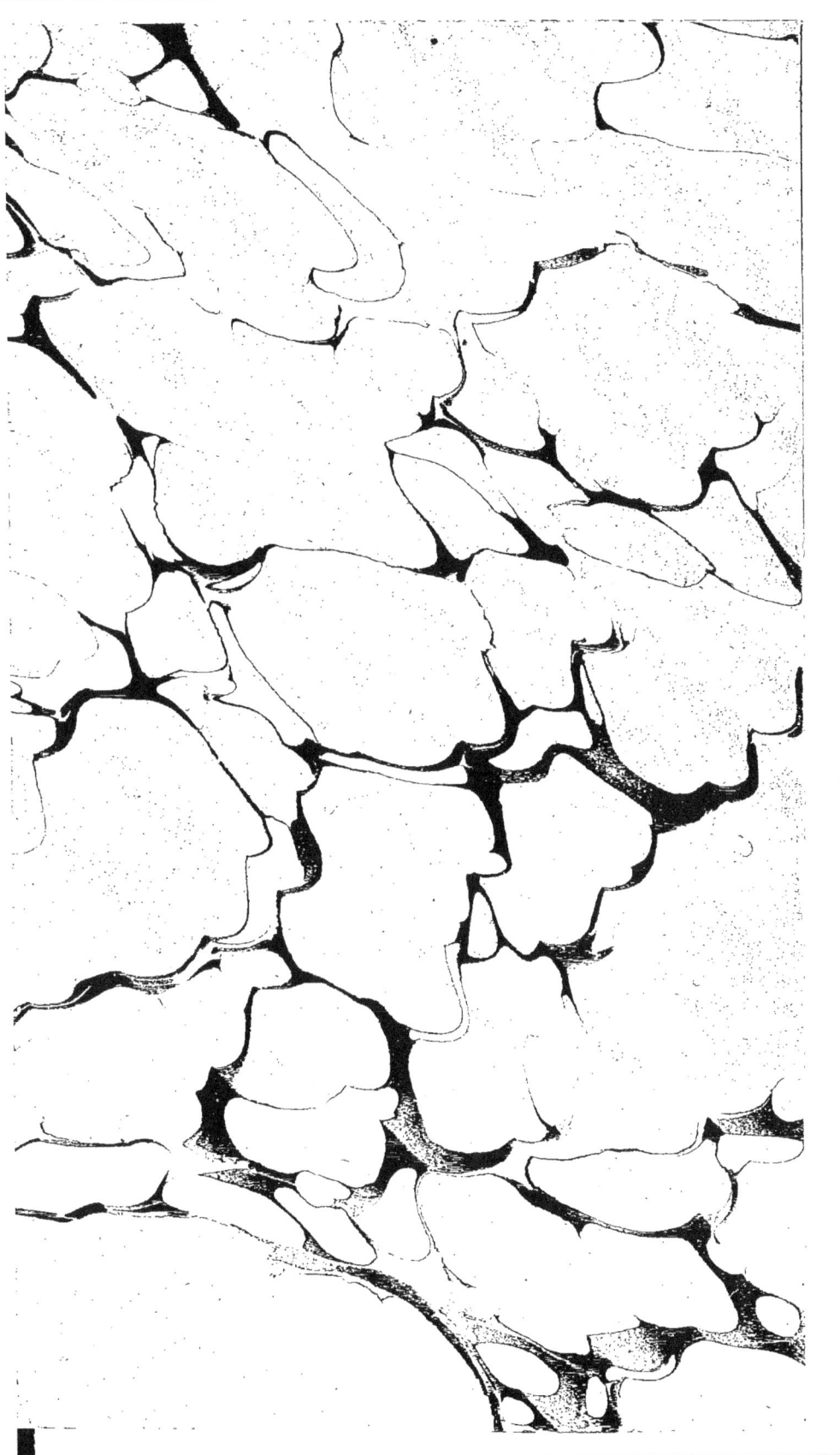

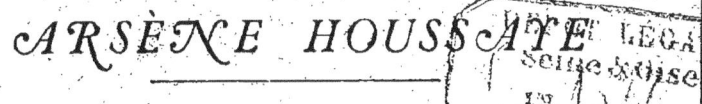

ARSÈNE HOUSSAYE

LES
TROIS DUCHESSES

ROMAN NOUVEAU

O femme! femme! femme!
BEAUMARCHAIS.

II

PARIS
E. DENTU, LIBRAIRE-ÉDITEUR

PALAIS-ROYAL, 15-17-19, GALERIE D'ORLÉANS

—

1878

LES

TROIS DUCHESSES

1JUIN 2013

ARSÈNE HOUSSAYE

LES GRANDES DAMES
12º édition. — 1 vol. grand in-8, illustré, 15 fr.

LE DIX-HUITIÈME SIÈCLE
La Régence. — Louis XV. — Louis XVI. — La Révolution.

Édition de bibliothèque en 4 vol. in-18, 3 fr. 50 le vol.

POÉSIES
Poëmes antiques. — Poëmes mystiques. — Poëmes rustiques.

1 vol. elzévirien, eaux-fortes, 7 fr. 50.

HISTOIRE D'UNE FILLE DU MONDE
Un beau vol. in-8 avec cinq portraits, par HENRY DE MONTAUT, 5 fr.

LES MILLE ET UNE NUITS PARISIENNES
4 vol. in-8 avec 24 portraits des demi-mondaines et des extra-mondaines, par HENRY DE MONTAUT. Prix, 20 fr.

LUCIE
1 vol. in-18, portrait, 3 fr. 50.

LE ROMAN DES FEMMES QUI ONT AIMÉ.
1 vol. in-18, portrait, 3 fr. 50.

TRAGIQUE AVENTURE DE BAL MASQUÉ
1 vol. in-18, portrait, 3 fr. 50.

LE CHIEN PERDU ET LA FEMME FUSILLÉE
Épisode de la Commune.
2 vol., portraits, 10 fr.

LES COURTISANES DU MONDE
4 vol. in-8 cavalier, 20 fr.

LE ROMAN D'HIER
1 vol. in-18, portraits, 3 fr. 50.

IMPRIMERIE ELZÉVIRIENNE DE BARDIN, A SAINT-GERMAIN

MADELEINE

ARSÈNE HOUSSAYE

LES
TROIS DUCHESSES

O femme! femme! femme!
BEAUMARCHAIS.

II

PARIS
E. DENTU, LIBRAIRE-EDITEUR
PALAIS-ROYAL, 15-17-19, GALERIE D'ORLÉANS

LIVRE I

JUNON ET DIANE

I

OU REPARAIT JOINVILLE

UAND on reçut au château la dépêche de Mathilde, le duc refusa de retourner à Paris; il pria le marquis d'Armeville de faire le voyage.

Le marquis partit avec Madeleine.

Il ne lui cacha pas que Mathilde était revenue, mais il ne voulut pas la conduire chez la princesse.

— Quand nous aurons la clef de cette énigme, nous verrons, lui dit-il, si elle est encore digne de vous recevoir.

Un simple fiacre conduisait M. d'Armeville et Madeleine. Comme elle avait quitté Paris depuis trois semaines, la jeune fille mettait la tête à la fenêtre pour revoir ses chers Champs-Élysées, quand tout à coup...

Tout à coup elle aperçut Joinville, tout juste à l'endroit où elle l'avait quitté plus de trois mois auparavant, pour monter dans le landau vert-pomme de la princesse.

Les yeux se rencontrèrent. Il y eut comme un cri de joie des regards. Ils s'étaient retrouvés.

— Pour le reperdre encore! murmura Madeleine.

— Oh! cette fois, je ne la reperdrai pas, murmura Joinville.

Et il suivit le fiacre, ce qui ne lui fut pas difficile, car le fiacre allait un train de fiacre.

— Qu'avez-vous donc, Madeleine? demanda le marquis à la jeune fille.

— Je n'ai rien.

— Vous êtes pâle comme une morte.

Soudainement Madeleine s'empourpra.

— Je me trompe, vous êtes rouge comme une cerise.

— C'est que j'aime tant les Champs-Élysées!

Et Madeleine regarda encore par la fenêtre.

— Il m'a reconnue, pensa-t-elle en voyant que Joinville marchait du pas des chevaux.

Quand Madeleine rentra chez sa marraine, elle vit encore Joinville.

Après les embrassades, Mme Templier lui donna la fameuse lettre de Mathilde qui avait révélé la fille à sa mère et qui avait conduit la comtesse anonyme à Yvetot. Quoique cette lettre soit d'un médiocre intérêt, on la donnera ici :

« Ma belle Madeleine, on t'a dit que j'étais
« morte? Je t'ai déjà parlé d'une pleine eau, j'en
« ai subi une rude. J'ai fini par être repêchée,
« donc ne me pleure pas encore. J'irai te surpren-
« dre un jour, mais ne dis pas un mot de moi,
« c'est le mystère des mystères. Si tu entends par-
« ler mal de ton amie, n'oublie pas que le prince
« est cause de tout. »

Il n'y avait pas une heure que Madeleine avait lu cette lettre quand elle en reçut une autre, écrite cette fois de l'hôtel de la princesse :

« Ma chère Madeleine,

« Tu ne sais pas que je suis revenue; tu ne sais

« pas que je t'attends ; tu ne sais pas que je ne
« puis vivre sans te voir ; tu ne sais pas que je
« suis toujours ta Mathilde, à la vie à la mort !
« Viens bien vite que je te conte un conte de
« fées.

« La princesse DEL RENOZZI. »

Sur cette même lettre, le marquis d'Armeville
avait écrit ces mots : « J'irai vous prendre ce
« soir. »

— Voilà qui est inexplicable, dit Madeleine :
le marquis ne m'avait-il pas dit que je ne verrais
plus Mathilde ?

Le marquis vint le soir chez Mme Templier et
raconta à Madeleine comment Mathilde l'avait
presque reconquis en se jetant tout éplorée dans
ses bras.

— Je vous avoue, dit M. d'Armeville, que je
suis comme le bon Dieu : je n'ai jamais gardé un
cœur de bronze devant le repentir d'une femme ;
je ne sais pas bien quel est le crime de Mathilde,
mais je sais bien quelles sont les fautes de son
mari. Le prince a continué impunément à voir sa
maîtresse. Du reste, savez-vous ce que m'a dit
Mathilde ?

— Que vous a-t-elle dit ?

— Selon elle, vous êtes le plus brave cœur et le plus brave esprit : c'est par vous qu'elle veut être jugée, c'est à vous seule qu'elle veut se confesser; si vous la jugez digne encore de son père, elle ira se jeter dans les bras du duc, pour obtenir son pardon; si vous lui dites qu'il ne faut pas y aller, elle parle de se réfugier au couvent.

— Pauvre Mathilde! Je vois avec plaisir que c'est sérieux.

— Moi aussi, car j'avais bien peur que ce ne fût la première page d'un roman d'aventures.

— Si elle veut être sauvée, il faut la sauver.

— N'allons pas si vite! Montrez-vous sévère. Faites-lui comprendre que le monde où elle vit est terrible; il lui faudrait une vie exemplaire pour effacer cette disparition mystérieuse.

— Qui sait si Mathilde n'a pas été recueillie dans un naufrage à moitié morte par quelque famille de pêcheurs!

Le marquis regarda Madeleine en face avec un sourire moqueur.

— Le croyez-vous?

Madeleine sourit tristement.

— Et vous?

— Moi non plus! Vous voyez bien que personne ne le croira. Ce qui peut la sauver, c'est

I.

l'oubli de cette aventure ; c'est que cette équipée puisse être attribuée à une autre. Elle fera toujours bien de ne pas courir le monde cet hiver. D'ailleurs, qui sait si son mari va revenir ?

Le marquis se dit à lui-même : « Il reviendra, parce que je viens d'apprendre que sa maîtresse venait d'arriver à Paris. »

M. d'Armeville conduisit donc Madeleine à l'hôtel du duc de Marigny.

La jeune fille trouva son amie plus belle, parce qu'elle était plus pâle, parce que sa figure avait pris du caractère, parce que la passion avait passé par là.

Mathilde pleura en appuyant Madeleine sur son cœur.

— Tiens, vois-tu, lui dit-elle, il n'y a que toi au monde, le reste n'est rien.

Et elle l'embrassa encore.

Puis, se tournant vers le marquis :

— Excepté vous, excepté aussi mon père, parce que vous êtes des hommes de l'ancien temps. Mais les hommes comme mon mari, je n'en donnerais pas deux sous. Ah ! quel malheur qu'on ne puisse pas être princesse sans être obligée de se marier !

— Cela viendra, cela viendra, dit le marquis en allumant une cigarette.

Il passa dans la serre pour se promener en fumant.

La princesse entraîna Madeleine vers la cheminée.

— Assieds-toi là, tout près, tout près de moi. Tu es mon confesseur, je vais tout te dire. Croirais-tu que le marquis m'avait effrayée de cette idée que tu ne viendrais plus me voir !

— Ah ! Mathilde.

— Condamne-moi, mais ne me condamne pas sans m'entendre.

Madeleine avait promis d'être sévère, elle se donna une expression grave et mélancolique.

— Eh bien, reprit Mathilde, tu t'imagines peut-être que je ris? point du tout. Un juge ne me ferait pas peur, non plus que mon mari; mais vois-tu, devant toi, un miracle de douceur et de vertu, je me sens chanceler.

— Tu sais bien que je t'aime.

— C'est une raison pour que je sois plus émue encore.

— Voyons, parle; c'est donc bien terrible.

— Oui, ma chère Madeleine; quand on se jette

dans l'abîme, c'est par entraînement, mais quand on en remonte, on est épouvanté d'y être descendu. Je ne suis pas si mauvaise que j'en ai l'air. Écoute-moi donc.

On va donner ici le récit de Mathilde tel qu'il a été transmis par Madeleine au duc de Marigny.

II

LA CONFESSION DE LA PRINCESSE

OICI ce qui s'est passé : Tu sais qu'à notre
dernière rencontre je t'ai parlé de mon
« départ pour Dieppe; en effet, le lendemain nous
« prenions le chemin de fer, avec le prince. Je n'a-
« vais pas voulu de coupé, parce que je suis cu-
« rieuse. Je connaissais trop le répertoire du prince
« pour m'amuser avec lui en voyage; je ne cher-
« chais pas d'ailleurs une aventure, Dieu m'est
« témoin. Je voulais me distraire. Mais il y a des
« destinées; on n'y échappe pas. A peine le train
« était-il en route, que le prince s'endormit.

« C'était bien naturel; il avait été faire ses
« adieux à sa maîtresse, Mlle Caroline, surnom-

« mée de Je ne sais quoi, parce qu'elle n'a qu'un
« nom de baptême dans son acte de naissance.

« Tu entendras parler de cette fille. Or, pendant
« que mon mari dormait, je regardais mes voisins
« sans y penser. Il y avait là tout à point un des
« deux ou trois hommes qui font furia en Angle-
« terre, comme autrefois le comte d'Orsay. C'était
« le marquis d'Harfox. Ce fut comme une révéla-
« tion, je compris ce jour-là que mon mari man-
« quait d'envergure : il est joli, mais le marquis
« était beau. Et puis mon mari dormait, tandis
« que le marquis m'éblouissait par un esprit
« d'enfer. Je fus subjuguée comme par un sorti-
« lége.

« C'était la force du magnétisme. On s'étonne
« qu'un chat puisse prendre des oiseaux ; c'est
« parce qu'ils viennent jusque sous sa patte. Pour-
« quoi viennent-ils ? Parce que le chat a dans les
« yeux le miroir aux alouettes. Eh bien ! il y a
« des charmeurs de femmes comme il y a des
« charmeurs d'oiseaux !

« J'ai compris ce jour-là les chaînes de l'amour.
« Oh ! ma chère Madeleine, il faut les redouter ;
« ce sont des chaînes de roses ; on les sent glisser
« sur soi comme des caresses, comme des par-
« fums. On se fait plus mince pour qu'elles vous

« enserrent mieux. On se soumet lâchement, tant
« l'ivresse est douce.

« Quand j'arrivai à Dieppe, il n'y avait plus
« pour moi qu'un homme sur la terre, le marquis
« d'Harfox ; par malheur mon mari était là.

« Il fallait bien me soumettre au mariage. Je
« sentis que ma vie était avec le marquis ; mais
« j'accompagnai le prince à l'hôtel.

« Naturellement, quand j'ouvris ma fenêtre à
« l'hôtel, je vis le marquis tout près de moi. Une
« page de roman, n'est-ce pas ? Mais tu t'aperce-
« vras trop tôt que tout ce qui nous arrive a tou-
« jours été dit par un romancier.

« J'ai juré d'être, non pas digne de mon mari,
« mais digne de mon père : je suis allée un matin,
« moi qui ne suis pas une dévote, m'agenouiller
« devant cet autel de Dieppe, célèbre par ses mi-
« racles ; mais ce fut le miracle de l'amour ter-
« restre et non le miracle divin.

« Le marquis était terrible ; je ne pouvais faire
« un pas seule dans Dieppe, sur la jetée, sans le
« rencontrer. Nous ne nous parlions pas, mais
« nous nous disions tout sans ouvrir la bouche.
« Deux orages sur le point d'éclater.

« Ah ! Madeleine, dans quel doux arc-en-ciel
« nous rêvions ! Il se passa je ne sais plus com—

« bien de jours : j'étais ivre, j'étais folle. En-
« fin, un soir que mon mari jouait, car il rem-
« plaçait Mlle Caroline par les cartes, le mar-
« quis me rencontra sur la jetée. Il ne me sur-
« prit pas, car je le sentais toujours autour de
« moi, même quand j'étais loin. Il me prit la
« main en me disant qu'il mourait de ne pas me
« voir. Que me dit-il, d'ailleurs ? Je ne sais plus
« rien.

« Il parla si bien que je fus prise. Je le sup-
« pliai de s'en aller ; il me dit oui, mais il m'ap-
« puya sur son cœur. Je sentis des larmes dans
« mes yeux. C'était l'amour !

« Jusque-là, je ne connaissais pas ce doux et
« terrible battement de cœur ; jusque-là je n'avais
« qu'une âme ; à cet instant je sentis que j'en
« avais deux. Aussi j'oubliais tout, j'oubliais
« mon mari, j'oubliais jusqu'à mon père. Je
« n'avais plus qu'une idée : vivre de cet amour
« pendant une heure avec le marquis, pour mou-
« rir ensuite dans mon rêve. Qu'est-ce que la
« vie, si ce n'est une suprême étreinte ?

« Tu vois que j'étais déjà dans toute la folie
« de la passion.

« Comment faire ? Ne plus voir le marquis,
« c'était mourir à toute heure ; le voir toujours,

« c'était la mort de mon âme. Pourquoi aussi
« m'avoir mariée à ce prince que je n'aimais pas
« et que je n'aime pas ? Le mariage sans amour,
« c'est un sacrifice, puisqu'on immole son cœur.

« Le marquis me tenait toujours dans ses bras,
« en face des vagues qui criaient toutes mes an-
« goisses, devant la musique du Casino qui chan-
« tait toutes mes joies.

« Je me trouvais si bien sur son cœur, que je
« n'avais pas le courage de me déchaîner.

« Il me proposa de fuir au bout du monde. Il
« a un palais aux Indes, il voulait m'emmener
« jusque-là. Nouveau pays, nouvelle vie.

« — Oui, lui dis-je tout à coup, au bout du
« monde !

« Une idée m'était venue pour ne pas infliger
« à mon père la honte de ma chute.

« — Demain, dis-je au marquis, j'irai de très-
« bonne heure me baigner, mais je ne me bai-
« gnerai pas. Au lieu d'emporter mon costume de
« bain, j'emporterai un autre habillement ; de-
« puis le chapeau jusqu'aux bottines ; je mettrai
« tout cela dans ma cabine, après quoi, profitant
« du tohu-bohu, je gagnerai très-discrètement la
« falaise de Pourville, après avoir recommandé
« à mon baigneur habituel de veiller sur moi,

« sous prétexte que je veux nager comme un
« poisson. Trouvez-vous sous les falaises avec
« une barque de pêcheurs. D'ailleurs, par la ma-
« rée basse, nous pourrons peut-être gagner
« Pourville, où personne ne nous remarquera
« et d'où nous pourrons nous envoler vers les
« Indes.

« Lord d'Harfox me dit avec enthousiasme que
« j'étais une femme de génie.

« C'était le rêve d'une insensée, mais le monde
« est si bien fait pour l'impossible, que l'impos-
« sible y réussit toujours.

« En effet, j'ai appris que quoique je ne me fusse
« pas baignée le jour de ma fuite, vingt baigneu-
« ses affirmaient m'avoir vue plus téméraire que
« j'amais.

« Notre petit voyage à pied et en barque fut
« des plus heureux. Le marquis m'avertit plus
« d'une fois que j'allais être changée en statue
« de sel, comme la femme de Loth, parce que
« je regardais si mon mari me poursuivait.
« Mais le prince ne me chercha que dans les va-
« gues.

« Aller aux Indes, c'était bien loin ; les Fran-
« çaises aiment beaucoup à s'expatrier — en
« France. D'ailleurs, le marquis parla d'une

« première station tout emparadisée ; c'était le
« château d'un de ses amis, près d'Yvetot, dont
« il avait la clef, et où nous ne trouverions que la
« solitude. Qu'importe! où il m'eût dit d'aller,
« je serais allée, parce que je croyais que j'avais
« tout trouvé, quand j'avais tout perdu, hélas!

« Le jour même nous étions au château de la
« Roche-Noire, un château dans les bois, vrai
« château de contes de fées.

« Le lendemain, quand je me réveillai, je me
« réveillai deux fois : je compris enfin la profon-
« deur de ma chute. Mais l'amour parlait si haut
« et le marquis fut si amoureux que je retombai
« sous le charme. Et j'oubliai tout. D'ailleurs,
« comment ressaisir ce que j'avais perdu! Si la
« vertu n'était pas inaccessible, ce ne serait plus
« la vertu.

« Et le charme dura trois mois, trois siècles,
« trois heures. J'ai plus vécu en ces trois mois
« que je n'avais vécu jusque-là. Et pourtant il
« me semble que tout cela s'est passé en un jour.

« Je ne veux pas me faire meilleure que je ne
« suis : le rêve a été brisé parce qu'une femme,
« une comtesse, une aventurière, est venue se je-
« ter à la traverse. Lord d'Harfox avait aimé cette
« femme. Elle l'aimait encore, si je ne me trompe

« pas. Tu vois cela d'ici, une scène terrible, j'ai
« jeté cette femme à la porte, mais dans ma colère,
« voulant punir tout le monde, jusqu'à moi-même,
« je me suis enfuie du château. Et me voilà reve-
« nue chez moi.

« Mais, ai-je encore le droit de dire *chez moi?*
« J'ai trahi la maison, je me suis parjurée; la
« femme n'est plus qu'une injure pour le mari,
« la fille n'est plus qu'une injure pour le père.

« Je me demande aujourd'hui si c'est bien moi
« qui suis l'héroïne de cet incroyable roman? Est-
« il possible que j'aie passé par toutes ces folies?
« J'ai joué la comédie de la mort en cherchant les
« joies du cœur, mais je n'ai bientôt trouvé que
« la comédie de l'amour. Va, ma chère Made-
« leine, je ne suis pas faite pour le bonheur. Je
« suis une inquiète, un trouble-fête, une cher-
« cheuse! Je ne trouverai pas, parce qu'il n'y a
« pas sur la terre un bonheur à la hauteur de
« mon rêve. Pourquoi n'ai-je pas comme toi un
« cœur simple?

« Ma première pensée a été de me jeter au cou-
« vent, mais les larmes dans le couvent effacent-
« elles plus que les larmes dans le monde? Et
« puis, te le dirai-je, Madeleine? j'ai peur d'en-
« trer trop vivante dans la tombe. Ma résurrec-

« tion pour les folies serait plus abominable que
« mon péché.

« Maintenant que j'ai parlé, me connais-tu,
« Madeleine ? »

— Non, répondit la jeune fille, je cherche, je
trouve en toi deux femmes, mais tu ne sais pas
toi-même quelle est la meilleure.

— Tu as raison; j'ai une insatiable soif de la
vie, je voudrais toujours aller à quatre chevaux et
par quatre chemins. Pour moi, il n'y a point
d'obstacles. Je suis comme ces Américaines qui
trouvent que le monde est trop petit, quand elles
ont fait le tour du monde. Il y a des femmes qui
se confinent dans un rôle ou dans une passion :
moi je voudrais jouer tous les rôles et traverser
toutes les passions.

— Oui, je connais ces femmes-là. J'ai une amie
qui ouvre aussi les bras sur toutes les chimères.
C'est Léonie, dont je t'ai parlé et que tu as vue
avec moi à l'Opéra. Comme toi, elle n'est contente
de rien. Mais au moins chez elle cela se passe
platoniquement, tandis que toi !

— Que veux-tu, ma chère Madeleine ! on n'est
pas maîtresse de son cœur, je t'attends à ta première passion.

— Que vas-tu dire à ton mari? dit Madeleine
qui ne voulait pas ouvrir son cœur.

— Je ne lui dirai rien, il devinera ce qu'il voudra. Je veux bien m'accuser devant toi, tomber à
genoux devant mon père, mais devant mon mari,
jamais! S'il fait des façons, nous avons la ressource de la séparation de corps.

Madeleine sourit.

— Il me semble que c'est déjà fait.

— Ce que je voulais, c'était un titre de princesse, mon mari aura beau n'être plus mon mari,
je n'en serai pas moins princesse del Renozzi; ne
trouves-tu pas que c'est une situation comme une
autre? Il y a des femmes qui sont enchantées
d'être veuves. C'est triste. La femme veuve est
dans un cortége funèbre, on ne la regarde jamais sans penser à celui qui est dans le tombeau,
ce qui jette un froid terrible, tandis que la
femme séparée n'entre pas dans un magasin de
deuil.

— Comment donc! dit Madeleine, c'est M. Cupidon qui porte la queue de sa robe!

— Oui, oui, nous rions, mais c'est grave, car
je pense à mon père. Tu as entendu ma confession. Je puis dire c'est ma faute, c'est ma faute,
c'est ma très-grande faute. Mais ne puis-je pas

dire aussi : C'est la faute de mon mari? Me don-
neras-tu l'absolution, Madeleine?

La jeune fille était silencieuse devant la jeune
femme. Elle comprenait trop les devoirs du mariage, pour ne pas être offensée par le roman de
Mathilde. Mais Mathilde avait parlé du fond de
son cœur et elle avait touché Madeleine avec la
voix émue de la vérité. Elle s'était accusée ouver-
tement. Elle ne s'était pas faite plus mauvaise
qu'elle n'était, mais elle ne s'était pas faite meilleure non plus. Cette sincérité avait touché Madeleine. C'est ainsi qu'un coupable touche toujours au tribunal les juges qui l'écoutent s'il dit
toute la vérité, quel que soit son crime, parce
qu'il faut en passer beaucoup au pauvre monde.

— Écoute, Mathilde, dit enfin Madeleine, ce
n'est pas mon pardon que tu attends, n'est-ce
pas? Ce serait le pardon d'un enfant. C'est le
pardon de ton père qu'il te faut ; jure-moi que tu
ne lui feras plus de chagrin, car c'est un cœur
d'or.

— Oh! je te le jure!

Madeleine embrassa Mathilde.

— Eh bien! je sens que si tu pars demain pour
le château d'Arvers, tu ramèneras ici ton père
consolé.

— Eh bien! je partirai demain, si tu veux venir avec moi.

— J'irai avec toi, mais après-demain seulement; je veux écrire à ton père.

M. d'Armeville, qui avait peut-être bien écouté aux portes, survint à cet instant. Il promit d'être du voyage.

Le soir même, en rentrant chez sa marraine, Madeleine écrivit au duc pour lui redire la confession de Mathilde.

III

LE PORTRAIT DE LA DUCHESSE

E duc, après avoir lu, relu et commenté la lettre de Madeleine, se laissa reprendre à Mathilde. C'est que Mathilde avait la grâce féline et le regard magnétique des bêtes féroces. Elle faisait peur et elle charmait. Elle inspirait la haine par ses colères, car on sentait ses griffes, mais dès qu'elle reprenait son sourire on revenait à elle. Le duc ne se contenta pourtant point de la lettre de Madeleine pour pardonner, seulement il écrivit à M. d'Armeville qu'il consentait à recevoir Mathilde au château d'Arvers, où il était resté avec son fils.

Mathilde partit le jour même emmenant Made-

2.

leine. Le duc fut effrayé de l'enjouement de Mathilde; il jugea qu'elle ne rebrousserait pas chemin après ces premiers pas vers les mauvaises passions. Elle eut beau s'humilier en se jetant à ses genoux, en baisant les mains de M. de Marigny, en jurant qu'elle ne lui ferait plus un tel chagrin, il vit bien que ce n'était que le masque du repentir. Ce petit billet au marquis d'Armeville montre l'état de son âme.

« Mon cher ami, j'ai pardonné : On pardonne
« toujours. Mais je n'ai pas le cœur content. J'ai-
« merais mieux que la faute fût plus grande en-
« core, à la condition que le repentir fût plus
« sincère. La pauvre Madeleine, qui priait des
« yeux pour son amie, avait la vraie figure que
« j'aurais voulue à Mathilde.

« En vérité, il semblait que ce fût elle qui fût
« la coupable. Il y a un monde entre ces deux
« femmes. J'ai beau descendre en moi-même et
« interroger ma jeunesse pour me reconnaître
« dans Mathilde, je ne me retrouve pas; tandis
« que sans le vouloir je compare sans cesse Made-
« leine à la duchesse.

« Et puisque je suis sur ce chapitre, je vais
« t'écrire une chose que je n'ai pas osé te confier à

« brûle-pourpoint. Me croirais-tu bon à mettre
« dans une maison de fous, si je te demandais —
« la main de ta cousine ?

« Voilà le mot parti ! je ne le retiens pas, mais
« je suis effrayé de le voir s'abattre sur toi ; tu vas
« jeter les bras au ciel et te parler tout haut à toi-
« même, comme dans la tragédie.

« Raisonnons un instant. Madeleine, tu me
« l'as dit, n'est pas riche ; elle aime les hautes
« sphères ; par le temps qui court, une fille sans
« dot n'épousera pas un prince. Tout cinquante-
« naire que je sois, je ne suis pas encore un bar-
« bon. Autrefois, à cinquante ans, on était passé
« dans l'autre monde, mais nous avons changé
« cela. Aujourd'hui, c'est la seconde jeunesse.
« Soixante ans, c'est l'été de la Saint-Martin.

« J'ai donc un capital de dix années devant
« moi, avec un capital de dix millions. Madeleine
« aime la grande solitude des châteaux et des
« parcs. Nous avons beaucoup causé en nous
« promenant. Être duchesse et châtelaine c'est
« peut-être son rêve. Si je suis fou, envoie-moi
« un laisser-passer pour Charenton.

« Ton ami sage ou fou,

« Le duc DE MARIGNY. »

En effet, en lisant ce billet, le marquis d'Armeville leva les bras au ciel.

— Oh! le chapitre des illusions, s'écria-t-il, oh!
le chapitre des drames inconnus. Voilà un homme
de cinquante ans qui veut épouser une fille mi-
neure et qui croit lui être agréable, mais si ce
n'était que ça! Il y a là de la tragédie dans cette
comédie, puisque c'est le père qui veut épouser la
fille. Tout cela est bien un peu mon œuvre; il faut
me jeter à l'eau pour sauver le duc.

Et il prit une plume :

« Mon cher ami, je t'envoie un laisser-passer
« pour Charenton. Madeleine a pour toi une ami-
« tié toute familiale parce qu'elle sait que tu es
« mon meilleur ami. Mais il te faut rengaîner ton
« désir de l'épouser, car je sais son secret, que je
« te dirai peut-être. Je te confesserai en attendant
« que l'idée que tu as eue d'épouser Madeleine
« m'était venue à moi-même; heureusement j'ai
« découvert que je me trompais de porte. Il paraît
« d'ailleurs que cette idée d'épouser Madeleine
« vient à tout le monde; car monsieur ton fils,
« qui s'était d'abord égaré dans les bosquets avec
« la baronne d'H..., a fait un demi-tour à droite,
« soudainement affolé de Madeleine.

« Mais nous perdrons tous notre temps parce
« qu'elle a déjà placé son cœur ; c'est peut-être un
« mauvais placement, mais enfin, on ne déplace
« pas son cœur comme une chinoiserie, sans
« risque de le briser.

« Pour ce qui est de Mathilde, sois comme
« toujours patient et bon, ce sont les deux vertus
« du bon Dieu.

« Reviens-tu bientôt, ou faudra-t-il que je
« retourne à Arvers ? Nous ne ferions peut-être
« pas mal de ne faire notre entrée officielle à
« Paris qu'après le jour de l'an ; mais Mathilde ne
« voudra pas vivre si longtemps à Arvers, et d'ail-
« leurs ton fils m'annonce qu'il arrivera ici après-
« demain.

» « Ton ami sage et fou,

« Le marquis d'Armeville. »

Le duc de Marigny ne reçut pas gaiement cette
lettre, qu'il avait d'ailleurs pressentie.

Il s'enferma dans la chambre de la duchesse.

— C'est fini, dit-il, avec deux larmes dans les
yeux, tous mes rêves tombent à mes pieds, je suis
un arbre dont les meilleures branches sont mortes:
je voulais revivre des joies de la vie avec cette

jeune fille, et c'est encore le paradis fermé ; tout
mon orgueil pour mon fils a été brisé par les révolutions ; et que m'importe, d'ailleurs, puisque ce
n'est pas mon fils ? tout mon amour pour ma fille
n'est qu'un trouble pour mon cœur et une punition pour mon esprit. Je n'ai plus que le souvenir.

Il regarda un très-joli pastel, de Muller, ap-
pendu au-dessus d'une console. C'était la duchesse
dans sa pleine vie, sous le rayonnement de la jeunesse.

Pour quiconque n'eût pas connu cette femme,
ce pastel était un éblouissement et une magie.
Mais le duc secoua la tête de l'air d'un homme
qui dit : C'est ça et ce n'est pas ça. En effet, l'art
masquait la nature en voulant trop bien faire.
Aussi le duc qui aimait sa femme telle qu'elle
était ouvrit un petit secrétaire et y prit une simple photographie qui, quoique un peu pâlie, gardait encore le grand caractère de la vérité.

— A la bonne heure, dit-il, celle-là, c'est elle-
même.

Il baisa l'image à diverses reprises avec l'effusion la plus vive. Il s'approcha de la fenêtre pour
la mieux voir.

C'était une photographie faite en la dernière

année quand déjà Dieu promettait à la duchesse qu'elle serait mère. Il y avait dans cette belle figure un doux sentiment d'espérance, mais aussi je ne sais quel pressentiment de désespérance, ce qui donnait un caractère plus touchant à l'expression.

C'était une de ces créatures qu'on aime à première vue, parce qu'elles sont douées d'intelligence, de bonté et de douceur. Le duc, approchant encore ses lèvres de la photographie, dit tout haut :

— Oh ! toi que j'ai tant aimée, je t'aime et je t'aimerai.

N'était-ce pas faire le sacrifice de ses aspirations vers Madeleine !

Il écrivit, le soir, au marquis d'Armeville :

« Nous allons retourner à Paris, mon cher « marquis. Pourquoi diable m'as-tu amené cette « jeune fille, s'il ne fallait pas l'aimer ? Elle m'a « pris le cœur et l'âme par sa figure et par sa mu- « sique. Me voilà tout désarçonné. Elle que je re- « gardais avec amour, il me faut la regarder de « travers comme un bien qui m'échappe ou que « je ne puis conquérir.

« Parce que nous avons cinquante ans, nous ne

« sommes donc plus bons à rien? Il me semble
« pourtant que je t'ai surpris cet été en galante
« aventure avec des « jeunesses. » Tu m'as même
« fait mystérieusement dîner un jour avec une
« comédienne, qui te sautait au cou et qui n'a-
« vait pas l'air de jouer la comédie. Mais tu
« portes une figure souriante, qui n'effraye pas les
« amours comme la mienne. Moi j'ai l'air d'un
« corbeau !

« Depuis hier, Mathilde a eu de bons entretiens
« avec moi, des quarts d'heure de franchise et d'a-
« bandon, mais le frère et la sœur se regardent
« comme des chiens de faïence. Ils se font des
« politesses, comme à la cour de Louis XIV, mais
« je ne crois pas qu'ils s'aimeront beaucoup. Na-
« turellement, je n'ai pas dit au prince que Ma-
« thilde était sa sœur. N'oublie pas de toujours
« rappeler à Mathilde qu'elle n'est ma fille que
« pour nous trois. Dans son intérêt il ne faut pas
« que le prince découvre ce secret.

« Brûle cette lettre, ô homme distrait et impru-
« dent !

« Je te serre les deux mains.

« Le duc DE MARIGNY. »

IV

ULYSSE ET PÉNÉLOPE

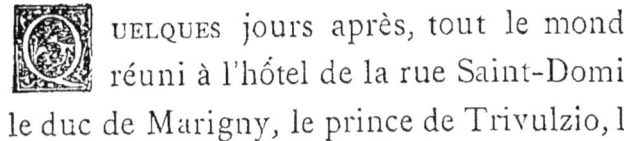UELQUES jours après, tout le monde était réuni à l'hôtel de la rue Saint-Dominique, le duc de Marigny, le prince de Trivulzio, le marquis d'Armeville, Mathilde et Madeleine.

M. de Myra, qui voulait avoir des nouvelles de son ami le prince del Renozzi, avait été retenu à dîner par M. d'Armeville, qui était aussi un de ses amis.

— J'aime à dîner avec Myra, disait le marquis, car avec lui on est bien sûr de ne pas rester long-temps à table.

En effet, M. de Myra tirait sa montre pour indiquer l'heure aux gens de service.

— Voyons, lui dit M. d'Armeville, vous n'avez encore dit qu'un mot spirituel, ce qui prouve que vous n'étiez pas si pressé que vous en avez l'air.

— J'ai réservé mon second mot pour le café, répondit Myra, en offrant des raisins à la princesse.

Et parlant à demi-voix à Mathilde :

— Le prince en est au lacryma-christi. Il ne se consolera pas de votre voyage au long cours.

Mathilde était curieuse de savoir le bruit de Paris sur sa fugue.

— Nul ne sait la vérité, dit-elle à M. de Myra. Quels sont les racontars en ce qui me touche ?

— C'est bien simple, répondit le vicomte. On a dit que vous étiez allée au couvent, pour pleurer les fautes de votre mari.

— Vous en doutez ?

— Comment donc, princesse ! j'en doute d'autant moins que d'Harfox lui-même, qui vous a rencontrée au couvent, m'a conté toute l'histoire.

— D'Harfox ! dit Mathilde, retenant toutes ses colères, s'il est à Paris voulez-vous me l'envoyer demain matin ?

— Comment, ici ?

— Oui, ici, chez moi.

Mathilde prit un air impérieux pour souligner ce dernier mot.

Ce fut à cet instant que le prince del Renozzi entra comme un coup de tonnerre, sans se faire annoncer.

Il se fit un silence terrible. Qu'allait dire le mari à la femme et aux autres ?

Oh! mon Dieu! il ne dit rien du tout. Il se précipita vers Mathilde...

Tout le monde le regardait avec inquiétude, presque avec effroi. Mais il prit sa femme dans ses 'bras et l'embrassa à peu près comme Ulysse embrassa Pénélope.

On eût dit qu'elle l'attendait chastement avec ses femmes, en filant de la laine depuis son départ.

— Ah! ma chère Mathilde, que je suis heureux de vous retrouver!

Il distribua des poignées de main à droite et à gauche, après quoi il revint embrasser sa femme.

— Eh bien! que pensez-vous de cela ? dit M. de Myra à Mathilde.

Il conduisait la princesse au petit salon où on avait servi le café.

— Je pense que c'était là le mari qui m'était réservé, répondit Mathilde sans plus d'émotion.

Et elle ajouta en regardant d'un œil fier M. de
Myra :

— Après tout, pourquoi se fâcherait-il? Parce
que sa femme a été au couvent ?

Un peu plus tard, Mme Templier vint chercher
sa filleule. Madeleine l'aimait trop pour ne pas
lui conter toute l'histoire.

A son tour, Mme Templier conta l'histoire au
capitaine quand Madeleine fut couchée.

— Pourvu, dit-il, que tes trois duchesses ne
soient pas un jour trois coquines.

— Oh! mon capitaine, comment peux-tu dire
cela? mais Madeleine est un ange.

— Oui, Madeleine, mais Léonie, j'en ai peur,
ne portera pas en paradis la couronne de rosière.

— J'en ai peur aussi. Mais j'y veillerai.

— Ah ! ma chère, la vertu des filles est comme
les oiseaux dans une cage : il y a toujours un moment où la porte est ouverte.

V

 E lendemain tout était dans l'ordre habituel à l'hôtel du duc de Marigny.

Le prince del Renozzi avait posé timidement un point d'interrogation. Mais Mathilde lui avait dit avec son air hautain :

— Mon cher, mais ceci ne vous regarde pas. Est-ce que je vous demande des nouvelles de Mlle Caroline, qui — sans doute — vous a suivi comme votre ombre en Italie ?

— Pas du tout, dit le prince.

— Comment, pas du tout ! M. de Myra m'a dit hier que cette demoiselle manquait à Paris, comme la marée manqua un jour au dîner de Louis XIV.

Ce qu'il y a de plus joli, c'est que cette princesse de la main gauche a emmené ma femme de chambre.

— Ce sont là des contes à dormir debout.

— Je vous parie cent louis contre votre principauté,— vous voyez que je suis généreuse, — car votre château des Calabres ne vaut pas cent louis.

Le prince tint le pari, sachant bien qu'il ne payerait pas.

— Eh bien, vous verrez, reprit Mathilde. Je ne me trompe jamais; votre vraie punition sera de revoir ici ma femme de chambre.

— Voyons, Mathilde, ne recommençons pas la guerre.

— C'est vous qui reprenez les hostilités.

— Avec tout cela vous ne m'avez pas répondu.

— Vous savez bien que j'avais horreur du monde et que je me suis réfugiée dans une thébaïde.

— Le prince fit une pirouette et s'esquiva pour ne pas perdre son temps avant de perdre son pari.

La princesse le rappela.

— Dites-moi, Léo, donnez-moi un conseil. Aimez-vous les plumes blanches sur les chapeaux ?

— Non, j'aime les plumes noires.

Le prince était revenu sur ses pas ; Mathilde lui montra quatre chapeaux, qu'on lui avait apportés pour qu'elle en pût choisir deux.

— C'est pourtant une jolie plume au vent, que cette plume blanche.

— Oui, mais les filles à la mode en ont toutes.

— Eh bien, je suis bonne princesse ; je prendrai la plume noire.

Cette fois, le prince baisa la main de sa femme avant de sortir. « Après tout, dit-il, en allant fumer un cigare devant ses chevaux, car il aimait l'écurie, pourquoi m'obstiner à savoir si ma femme a fait des folies ? je ne serai jamais en reste avec elle. » Il ne put cependant s'empêcher de regarder en face la gravité comique de sa situation. Que dirait-il à ses amis ? Que ce n'était de la part de Mathilde que des jeux d'enfant. Elle s'était enfuie chez son père au château d'Arvers ; si on osait en douter il donnerait un coup d'épée.

— Bah ! dit-il, l'opinion est une fille perdue, dont on a raison à coups de cravache !

Il alla, quelques jours après, voir son ami Myra pour lui demander un conseil. Celui-là était le confident à qui on ne cache rien. Déjà il lui avait conté l'histoire mystérieuse de Dieppe. Il lui avoua qu'il se croyait quelque peu dupe des contes de Mathilde.

— Ce n'est pas une femme à se jeter au couvent non plus qu'à se jeter à la mer.

— Qui sait? dit M. de Myra qui ne voulait pas souligner la situation, les femmes sont si extravagantes qu'il ne faut les accuser qu'à moitié. Et puis, après tout, mon cher ami, il n'y a ici-bas qu'une vraie question, la question d'argent. J'en sais quelque chose, moi qui n'ai plus le sou.

— Tu es ruiné?

— Il y a longtemps, seulement je cachais l'abîme à tout le monde, parce que je semais sur les bords quelques fleurs pour me donner encore du crédit. Mais c'est fini, M. Crédit est mort et enterré. On ne me prêterait plus cent sous : voilà pourquoi il faut que tu me prêtes cent mille francs.

Le prince poussa les hauts cris.

— Cent mille francs! Tu sais bien que je suis un panier percé : j'aurai de l'argent demain, mais je n'en ai pas aujourd'hui. Et encore, j'en aurai demain si ma femme...

— Veux-tu que je demande cent mille francs à la princesse?

— Tu ne connais pas les femmes, elles ne prêtent jamais d'argent.

— Eh bien, mon cher ami, il ne me reste plus qu'à faire sauter le bouchon après avoir bu une bouteille de vin de Champagne.

— Allons donc! Bois la bouteille de vin de Champagne, elle te donnera des idées.

Et le prince, qui ne voulait pas éterniser la question sur ce chapitre délicat, tendit la main à son ami.

— J'oubliais de te dire que si on parlait mal devant moi de Mathilde, tu serais mon premier témoin.

— Compte sur moi. Si d'ailleurs on parlait mal de ta femme devant moi, je jetterais mon gant à la calomnie. Un duel, ce serait un moyen comme un autre de m'en aller dans l'autre monde.

Mais avant le duel du mari ce fut le duel de la femme.

VI

LE CHAR DE PHAÉTON

UAND le vicomte de Myra fut seul, il commença par apostropher la vie et par faire des avances à la mort. Il eut pour lui seul toute l'amertume et toute la verve de Juvénal. Il se prouva la puérilité de l'existence, ses misères, ses deuils, ses angoisses, ses désespoirs. Il nia toutes les joies chantées par les poëtes; selon lui tout n'était qu'une mauvaise plaisanterie des hommes et des choses qui se jouaient la comédie à nos dépens. M. de Myra se vanta, au contraire, les douceurs de la mort, une bonne mère qui endort ses enfants quand ils ont traversé une mauvaise journée.

Et comme il en était là, il s'écria tout à coup : « La vie a pourtant du bon et du beau. »

C'est que la figure de Madeleine venait de passer sous ses yeux.

Il s'était laissé prendre comme tout le monde à cette adorable créature qui était la poésie dans la raison, la douceur dans la fierté, le charme dans la rêverie. Il n'avait jamais vu une figure plus idéalement belle, non-seulement par la pureté des lignes, mais par le ton des chairs, ton de roses-thé avec des reflets d'ambre et de neige. Il avait beau se rappeler les yeux qui l'avaient charmé, il décida qu'il n'y en avait pas de plus éloquents ni de plus magiques que ceux de Madeleine. Des yeux couleur du ciel vu dans la mer avec la profondeur de l'infini, avec toutes les fascinations de l'abîme.

— En vérité, reprit-il, ce serait bien dommage de s'en aller dans l'autre monde sans avoir aimé cette femme-là.

Comme ses bonnes fortunes passées — il avait alors beaucoup d'argent — lui faisaient croire en lui, il ne doutait de rien sur le chapitre de l'amour. Et puis, comme jusque-là il n'avait pas fait la folie de se marier, pourquoi ne ferait-il pas cette folie avant de mourir ? Qui sait ? Une femme comme Madeleine lui donnerait peut-être le courage et le génie de refaire sa fortune. Pourquoi ne la demanderait-il pas en mariage à d'Armeville ?

Car il croyait de bonne foi que c'était sa cousine. Le marquis n'était pas riche, Madeleine ne devait pas avoir de dot. Peut-être ne ferait-elle pas de façons pour épouser M. de Myra, qui était désormais mal coté à la Bourse, mais qui était encore bien coté dans le monde ?

Cette jeune fille ne pouvait épouser qu'un gentilhomme, or il était d'assez bonne maison pour elle.

Le vicomte de Myra décida donc que c'était là sa dernière branche de salut. Le jour même il alla trouver le marquis.

— Mon cher ami, lui dit-il sans autre préface, je vais te surprendre quelque peu. Est-ce une impertinence de te demander la main de ta « cousine » Mlle Madeleine d'Armeville ?

Le marquis se mit à rire et s'écria :

— Il était écrit là-haut que tout le monde voudrait épouser Madeleine.

La figure du vicomte se rembrunit.

— Je croyais, dit-il, avec son scepticisme habituel, que ta « cousine » n'avait pas de dot.

— Comment, elle n'a pas de dot ! mais c'est la plus belle créature de Paris. Dis-moi tout de suite où il y en a une pareille, que j'aille me jeter à ses pieds.

— Alors, je ne me suis pas levé assez matin, il faut que je remette l'épée au fourreau.

— Oui, oui, tu feras bien de rengaîner toutes ces espérances de mariage ; toutefois, si tu veux, j'en dirai un mot à Madeleine. Je ne te crois pas un mari superlatif, mais enfin tu es un galant homme, tu as du cœur et de l'esprit ; seulement, si par hasard Madeleine t'agréait, promets-moi : primo, de ne plus jouer à la Bourse ; secundo, de ne plus regarder à ta montre ; car tu me donnes la fièvre avec tes impatiences.

En effet, M. de Myra avait déjà deux fois regardé à sa montre depuis dix minutes.

— Je te promets de ne plus monter les escaliers du temple néo-grec et de casser la tête à cette petite bête qui règle le soleil.

Un peu plus le vicomte jetait sa montre par la fenêtre.

Mais comme on ne change pas sa nature ni en une heure, ni en un jour, ni en un siècle, M. de Myra dit à M. d'Armeville :

— A quelle heure veux-tu que je revienne pour avoir une réponse ?

— Ah çà ! te moques-tu de moi ? Tu t'imagines que je vais prendre un fiacre ou un tramway pour aller aux Champs-Élysées, ambassadeur extraor-

3.

dinaire de tes caprices! Calme ta fièvre d'hymé-
née, je parlerai à Madeleine quand viendra l'occasion. On n'a pas le droit d'aller ainsi troubler
la quiétude d'une jeune fille. Je ne voudrais pas
pour un empire faire un chagrin à ma chère Madeleine.

— Je te remercie. Ne dirait-on pas que je lui
propose de faire son malheur?

— A peu près, car je ne connais guère que de
mauvais mariages; mais enfin, puisqu'il faut toujours en passer par là, je dirai un mot de tes belles
intentions à Madeleine.

Le marquis était sur le point de sortir, il descendit l'escalier avec M. de Myra.

Ai-je dit que le marquis demeurait non loin
du duc de Marigny, dans un appartement meublé de la rue de Bellechasse? Il avait l'habitude de
passer deux fois par jour à l'hôtel de Marigny, où
il dînait souvent.

— Viens-tu avec moi? dit-il à M. de Myra.

— Oui! si nous devons rencontrer Madeleine.

— Je ne le crois pas, mais enfin, compte sur
l'imprévu.

Comme on entrait dans la cour de l'hôtel, on
vit le prince et la princesse qui descendaient
l'escalier pour faire un tour au Bois.

Mathilde inaugurait ce jour-là le fameux chapeau à plume noire. Ce n'était pas tout, dans sa curiosité de toutes choses, elle voulait essayer deux fines bêtes qui arrivaient d'Angleterre et qui promettaient de faire tourner les têtes aux Champs-Élysées. Quoiqu'elle eût peu conduit jusque-là, comme elle avait de la main et de l'œil, comme la décision était son caractère, elle ne craignait pas de mal conduire. Le prince avait bien quelque inquiétude, mais il lui fallait obéir sans dire un mot. Il en coûte souvent cher pour épouser des femmes riches, il faut payer des intérêts usuraires. On commence par payer de son honneur, on finit par payer de sa personne.

Le prince proposa aux deux amis d'être de la promenade, mais M. de Myra regarda à sa montre et dit qu'il n'avait que le temps de baiser la main de la princesse. Pour M. d'Armeville, il ne voulait jamais être de ces fêtes-là.

Il dit au vicomte qu'il n'oublierait pas son ambassade et il monta chez le duc de Marigny, pendant que M. de Myra rebroussait chemin.

Nous qui n'avons pas peur, nous serons de la promenade. Montons dans le phaéton et fouette cocher!

Le cocher, c'était donc la princesse. On eût dit

qu'elle conduisait le char du soleil tant elle était
lumineuse et riante. Elle parlait aux chevaux,
elle les caressait de la voix comme du fouet. Il ne
leur fallait pas tant pour avoir le feu dans le
sang. Le prince fut fort inquiet jusqu'au boulevard Saint-Germain, où il commença à respirer.

— Les belles bêtes, disait sans cesse la princesse, enchantée qu'on admirât au passage les
deux chevaux et celle qui les conduisait.

On comprend que la princesse n'avait pas une
conversation bien suivie avec le prince, elle était
toute à son travail, — vrai travail du cirque, —
ne répondant que par monosyllabes.

Ce fut à peine si au rond-point des Champs-
Élysées elle salua d'une main fiévreuse Madeleine, qui descendait l'avenue avec sa marraine
et Léonie. Comme ces dames passaient tout près
des chevaux, la princesse entendit ce mot de
Léonie :

— A la bonne heure, voilà l'attelage qu'il me
faut.

De distance en distance les deux bêtes mena-
çaient bien de quelque rébellion.

— Trop de gaieté, trop de gaieté, disait sans
cesse Mathilde.

Le valet de pied veillait, il était descendu deux

fois avec frayeur, mais on s'accoutume au danger.
Le prince commençait à espérer que tout se passerait bien. Mais voilà que dans l'avenue de
l'Impératrice la princesse reconnut Mlle Caroline
de Jenesaisquoi. Vous jugez si les chevaux s'en-
flammèrent. Et ce ne fut pas seulement à cause
de cette rencontre, ce fut surtout parce que
la princesse vit sur la tête de cette fille une
belle plume noire, toute pareille à celle qu'elle
portait.

VII

LA COLÈRE DE JUNON

ussi la princesse regarda son mari avec une vraie figure de Junon effrayant l'empyrée.

— Je comprends, monsieur, lui dit-elle, pourquoi vous aimez les plumes noires.

— Je ne comprends pas, ma chère Mathilde, lui dit le prince tout interdit.

— Votre princesse de la main gauche n'a qu'à se bien tenir, monsieur, vous allez voir comme je vais lui fricasser sa plume.

— Vous êtes folle, Mathilde, iriez-vous vous donner en spectacle ?

— Vous savez que je n'ai peur de rien, je n'obéis qu'à mon cœur.

Le prince aurait voulu être à cent pieds sous terre, car il prévit la catastrophe.

— Je vous jure, Mathilde...

— Vous jurez, donc vous allez mentir. Je vous dis que je vais faire voler au vent la plume de cette demoiselle.

Mlle Caroline de Jenesaisquoi allait au Bois comme toutes ses pareilles, pour rappeler à ces messieurs qu'elle était toujours là. Son équipage, à elle, était bien simple. Une victoria à 600 francs par mois. Mais, par hasard, cette victoria était traînée par un cheval de sang réformé aux écuries du comte de Lagrange, mais encore le meilleur trotteur de chez Brion. Voilà pourquoi Mlle de Jenesaisquoi avait dépassé le phaéton de la princesse. La fille galante n'y était pour rien, le prince lui ayant recommandé de ne jamais reconnaître en public ni lui, ni sa femme.

Or, que fit Mathilde pour attenter à la plume noire ?

Elle commença par caresser un peu plus ses chevaux de la voix et du fouet. Elle monta d'un ton, c'était beaucoup. Les chevaux partirent au galop.

— Voilà qui n'est pas distingué, dit le prince de plus en plus inquiet.

— Je le sais bien, dit la princesse, mais je viens ici pour m'amuser et non pour faire du chic, comme les imbéciles.

Elle avait déjà rejoint la voiture de la demoiselle.

— Ça y est ! s'écria Mathilde.

— Eh bien ! qu'est-ce que cela ? dit cette fille en retournant la tête.

La princesse avait presque arraché sa plume d'un coup de fouet.

Caroline rencontra l'œil du prince et se tint coite. *La raison du plus fort est toujours la meilleure.* Elle comprit l'affront; mais comment sauter aux yeux de la princesse sans risquer de perdre les deux mille cinq cents francs par mois du prince ?

La princesse, d'ailleurs, avait passé outre. On pourrait croire que c'était assez pour elle de l'injure du fouet. En effet, s'en fût-elle tenue là, si le prince n'avait eu la bêtise de lui dire qu' « elle se conduisait comme ces demoiselles. » Elle rugit de fureur en se mordant les lèvres.

— C'est bien, dit-elle, tout à l'heure je me conduirai comme une princesse. Je rattraperai cette fille au demi-tour.

Or voici ce qui arriva.

Mathilde continua à prendre les devants, mais tout à coup, elle rebroussa chemin à travers les voitures, avec sa hardiesse inouïe, sans accrocher ni faire de désordre. Les chevaux, d'ailleurs, s'étaient mis au pas. Mais quand elle vit venir à distance Mlle Caroline qui dévorait la honte du coup de fouet, — elle qui était venue pour montrer sa plume, — elle relança ses chevaux. Cette fois c'était au plus haut diapason.

Les voilà qui s'emportent à tout casser. Toutefois la princesse les guide encore avec une main d'acier. Le prince veut saisir les rênes, elle le repousse victorieusement. Elle est à vingt pas de la victoria de Mlle de Jenesaisquoi.

Elle va la couper, elle jette ses chevaux de biais, mais cette vengeance serait trop douce, elle précipite les bêtes affolées à travers la victoria...

Tout le monde se souvient encore de cette scène tragi-comique où les deux chevaux de la princesse entrèrent à moitié dans la victoria de la maîtresse de son mari. Ce fut le chaos des voitures. Tout le monde voulait voir. On fut cinq minutes dans un tohu-bohu inextricable. Jamais messieurs les cochers n'avaient été à pareille fête.

La princesse sortit de là triomphante.

Le prince avait joué du lorgnon comme un homme qui ne voit pas ce qui se passe. Il n'osa pas naturellement porter secours à sa maîtresse, à demi évanouie sur les coussins avec des noirs aux jambes et les pieds écorchés par le sabot des bêtes endiablées qui en étaient à leur début.

On s'amusa beaucoup, dans le monde et dans tous les mondes, de cette belle aventure. La princesse était si contente, qu'en revenant de cette équipée elle dit à son mari avec son impertinence accoutumée :

— Mon cher Léo, je ne suis pas si méchante que j'en ai l'air; la preuve, c'est que je vous pardonne.

— Vous me pardonnez? dit le prince en réprimant sa colère; si je ne me retenais...

Il voulait dire : — Je vous jetterais à mes pieds.

Mais il murmura : — Je me jetterais à vos pieds.

La puissance de l'argent !

VIII

LA PRINCESSE DE LA MAIN GAUCHE

AIS la princesse de la main gauche ne fut pas si facile à vivre que la princesse de la main droite.

Naturellement le prince ne passa pas vingt-quatre heures sans se présenter chez elle. Il n'osa, toutefois, s'y hasarder le soir même.

Elle le prit avec lui du haut de sa plume fouettée par sa femme.

— Comment, monsieur, après une pareille insulte, vous n'avez pas peur de venir me voir !

— Je n'ai peur de rien, dit Renozzi, qui avait peur de tout.

— Ah ! c'est comme ça qu'elle se conduit avec moi, madame votre épouse, mais vous pouvez lui

dire qu'elle ne portera pas ce coup de fouet en paradis. Qui est-elle donc pour se permettre de pareilles impertinences?

— Chut! ma chère Caroline, nous ne sommes
pas ici pour étudier les dossiers; cette femme est
ma femme : bon gré mal gré il faut la respecter
comme telle. Je te défends...

Caroline, qui était sur sa chaise longue, se leva
d'un bond :

— Eh bien, moi, je vous défends de me dire
un mot de plus.

Tout autre prince eût pris la balle au bond;
c'était l'occasion ou jamais de briser une liaison
absurde; mais quoique le prince n'eût pas d'amour
pour Caroline, il croyait qu'il ne pourrait vivre
sans elle. C'est l'histoire de presque toutes ces
aventures : ce n'est pas la passion qui vous en-
chaîne, c'est l'habitude. Le duc passait tous les
matins et tous les soirs une heure avec Caroline;
lui, fumant des cigares; elle, fumant des cigarettes; lui, débitant des coq-à-l'âne; elle, débitant des calomnies : or, il paraît que c'était là le
bonheur.

Voilà sans doute pourquoi, au lieu de mettre
son chapeau sur sa tête et de rebrousser chemin,
le prince prit sa figure la plus douce et ses

yeux les plus tendres pour apprivoiser cette bête féroce.

— Ma petite Caroline, tu comprends que je te payerai tous les dégâts d'hier.

Si Mlle de Jenesaisquoi était insensible aux paroles sentimentales, elle ne l'était pas aux paroles argentées. Aussi dit-elle avec une douceur inattendue :

— Combien ?

— C'est à toi que je le demande.

— Eh bien, il y a trois mille francs de dégâts.

— Tu te moques. Trois mille francs ! mais le cheval, la victoria et le cocher ne valent pas ça.

Renozzi aurait dû ajouter la femme par-dessus le marché, mais il ne voulait pas raviver les colères.

— Si je fais bien mon addition, reprit Mlle Caroline, trois mille francs ce n'est pas trop cher. Et d'ailleurs tu penses bien que je ne reporterai pas ma plume.

— Voyons, ta plume, c'est cinq louis, les voilà.

Le prince, qui était quelquefois éloquent, présenta non sans majesté un billet de cinq cents francs à la demoiselle.

— Cinq cents francs ! Jamais ! dit-elle.

Mais en disant ce mot' Caroline prit le billet.

— Ceci, reprit-elle, ne m'empêchera pas de me venger.

— Allons, dit Renozzi en l'embrassant, je te permets de te venger sur moi, mais, pour Dieu ! ne parlons plus de ma femme.

— Tu m'as payé ma plume, mais c'est ta femme qui payera les dommages-intérêts.

Comme le prince devenait plus tendre, Caroline ajouta :

— Je voudrais bien conduire : songes-y ! Comme cela, nous serons à deux de jeu : si elle veut passer sur moi, je passerai sur elle.

— Nous en reparlerons. En attendant, sois bien sage, sinon tu me forceras de te planter là.

— Allons donc ! entre nous, c'est à la vie à la mort.

— Ne t'y fie pas ; si j'ai eu des torts tu en as eu bien d'autres.

— Oui ; il ne faudrait qu'une perle pour faire déborder la coupe. Mais, vois-tu, c'est tout justement parce que nous sommes toujours ensemble malgré toutes nos frasques, que rien ne pourra nous séparer.

— J'en accepte l'augure.

Là-dessus on s'embrassa.

— A propos, dit en interrompant Mlle Caroline,

tu sais que cette coquine de Maria m'a quittée ?

— Pourquoi ?

— Tu me le demandes ? Je suis sûre que c'est pour retourner chez ta femme.

— C'est impossible ! Mais pourquoi aussi l'avais-tu prise ?

— Pourquoi... pourquoi... Parce que je voulais savoir ce qui se passait chez toi. Tu sais bien que les jalouses se nourrissent de jalousie.

En effet, Mlle Maria avait quitté Mme de Jenesaisquoi pour rentrer chez la princesse.

Ce jour-là même, pendant que Renozzi était chez sa maîtresse, Mlle Maria était chez la princesse. Passons donc d'une scène à une autre.

— Comment ! s'écria la princesse, quand Mlle Maria fit sa rentrée, vous m'avez quittée pour cette fille !

— Pardon, madame, c'est vous qui m'avez quittée.

Mlle Maria avait l'habitude de mettre les points sur les *i*, aussi ne se gêna-t-elle pas pour dire ceci :

— Quand nous étions à Dieppe, un beau matin il a plu à la princesse de faire le tour du monde ou d'aller au couvent. Madame la princesse a disparu. Ni vent, ni nouvelles. M . le prince ne m'a même pas donné mes huit jours. Pendant quatre jours il vous a pleurée, le cinquième jour il est retourné chez Mlle Caroline, le sixième jour il m'a dit que je pouvais aller vous retrouver. En ce temps-là, j'avais peur que vous ne fussiez dans l'autre monde : je n'y suis pas allée. C'est alors que Mlle Caroline m'a fait des propositions extravagantes, cent cinquante francs par mois.

— C'est mon prix.

— Vous ne savez pas que dans ces maisons-là il y a les bagatelles de la porte : c'est encore cent cinquante francs au bas mot. Il aurait fallu que je fusse une sainte pour refuser. Mais du moment que madame la princesse reparaît, me voilà ! car je vous aime tant, madame, que je vous servirais pour rien.

Ce fut ainsi que la femme de chambre rentra en grâce. C'était un diable de plus dans la maison. Aussi le prince en fut-il effrayé. Mais il ne pouvait rien contre l'absolutisme de sa femme.

— A propos, dit tout à coup Mlle Maria, je sais maintenant l'histoire de Mlle Madeleine. Elle nous faisait des contes, c'est tout simplement une demoiselle qui vit chez une ancienne sage-femme.

Mathilde parut très-surprise.

— Comment savez-vous cela ?

— Comme je sais tout en écoutant aux portes. Il y a du mystère là dedans, elle appelle cette femme sa marraine. Je ne serais pas du tout surprise que ce fût une fille d'occasion de M. le marquis d'Armeville. Paris est pavé de ces enfants-là, qui ne sont jamais reconnus.

Mathilde semblait réfléchir : elle ne pouvait le prendre de haut envers les enfants naturels, puisqu'elle-même n'avait jamais été reconnue. Loin de frapper Madeleine, les paroles de Maria la lui faisaient plus sympathique encore. Aussi ne voulant pas que sa femme de chambre eût une mauvaise opinion de son amie, elle dit froidement :

— Je sais toute cette histoire, Madeleine est sacrée pour moi, soyez toujours très-respectueuse avec elle.

— C'est bien, c'est bien, se dit Mlle Maria. Je suis assez fine mouche pour comprendre ces mots : « Elle est sacrée pour moi. » Cela veut dire que dans huit jours ces dames s'arracheront les cheveux !

4.

IX

LE PRINCE ET LE RAPIN

N sait que la princesse était la plus capri-
cieuse des capricieuses ; un jour qu'elle
passait rue Lafayette, elle fut frappée par un portrait quelque peu étrange, exposé sous les vitres
d'un marchand de tableaux. Elle descendit de son
coupé et s'approcha pour le voir de plus près : c'était
la peinture d'une jeune femme, une « cocotte, »
si je puis m'exprimer ainsi, représentée à demi
couchée sur un canapé, vêtue d'une robe bleu de
ciel, les cheveux épars comme des rayons. C'était
une œuvre d'impressionniste, saisissante de vérité,
quoique le dessin fût détestable ; on sait que les
impressionnistes ont une palette, mais qu'ils
n'ont pas de crayons. Tel qu'il était, ce portrait

plut à la duchesse ; elle entra chez le marchand et lui demanda le nom du peintre. Elle apprit qu'il se nommait Joinville, et qu'il demeurait rue Bonaparte.

Dès que la duchesse fut de retour à son hôtel, elle lui écrivit ce petit mot sur sa carte :

« Prière à M. Joinville de vouloir bien venir « demain, à midi, chez la princesse del Renozzi, « en son hôtel, rue Saint-Dominique. »

Si quelqu'un fut étonné, le soir, ce fut Joinville. Les princesses qui, jusque-là, étaient venues chez lui ne lui faisaient pas supposer qu'il viendrait une vraie princesse; mais sans doute ce n'était pas pour le même motif. Il n'en dormit pas moins jusqu'à huit heures, mais de huit heures à midi, il ne se mit pas à peindre, il ne travailla qu'à faire sa figure et à s'habiller avec la gravité d'un homme de loi, tant il avait peur que sa désinvolture ne nuisît à son talent. Il descendit chez le perruquier, qui le diminua un peu du côté des cheveux et de la barbe. Figaro répandit même sur tout cela un doux parfum de violette.

— Allons, dit Joinville, je suis parfait; qui au-

rait jamais pu penser que je descendrais jusqu'au
perruquier !

Il se présenta à midi, sévère et digne, chez la
princesse. Mathilde était à table, mais elle ne le fit
pas longtemps attendre.

— Monsieur, lui dit-elle, en voyant hier un de
vos portraits rue Lafayette, il m'a pris l'idée de
me faire peindre par vous.

Joinville s'inclina comme eût fait un notaire
dans l'exercice de ses fonctions, car il y a deux
hommes dans le notaire, l'officier ministériel et le
père de famille.

En voyant la princesse, Joinville se rappela vaguement l'avoir déjà vue, mais où l'avait-il vue ?
Peut-être au théâtre, peut-être au concert des
Champs-Élysées, car elle avait une figure qui
marquait dans la mémoire.

Il ne se souvint pas que c'était dans son landau
vert-pomme, aux Champs-Élysées, quand Madeleine monta à côté d'elle.

— Par exemple, dit la princesse, vous ne me
ferez pas couchée, comme cette dame, c'est peut-
être son habitude; pour moi, j'ai l'habitude de
bien me tenir quand je ne dors pas.

Joinville continua à opiner du bonnet.

— Quand voulez-vous commencer, monsieur?

Le peintre prit un certain air.

— Madame la princesse, j'ai trois ou quatre portraits sur le métier, mais je suis à vos ordres.

— Eh bien, aujourd'hui ! Voulez-vous que j'envoie un de mes gens chercher votre boîte à couleurs ?

— C'est à deux pas, j'irai moi-même.

— Eh bien, monsieur, c'est dit, je vais m'habiller, ou plutôt me déshabiller — en robe de bal. Peignez-vous le nu ?

— Je fais tout ce qui concerne mon état.

Une heure après, la princesse, debout à la cheminée, s'appuyant d'une main sur un fauteuil, tenant de l'autre son éventail, posait pour Joinville dans les mines étudiées d'une grande coquette.

Le peintre payait d'audace, mais il désespérait de rendre cette figure, qui charmait l'œil par l'éclat et l'esprit. Rien n'est plus difficile à un peintre que de vouloir copier ce qu'on appelle la beauté du Diable ; mais quand ce peintre n'est pas plus sûr de sa main que Joinville, qui n'avait jamais bien dessiné, c'est lutter contre l'impossible. Toutefois, il allait bravement, comptant sur ces bonnes fortunes de pinceau qui donnent quelquefois la physionomie quand on désespère de la trouver.

— Ah! se disait-il en lui-même, un peu plus d'école des beaux-arts et un peu moins de croquis sur les tables des brasseries, je serais plus à mon aise devant cette figure.

— Eh bien, lui dit la princesse, toujours impatiente.

— Chaque peintre a sa manière; j'indique à peine quelques traits; je ne dessine qu'en pleine pâte. Vous verrez au bout de trois ou quatre séances.

Il peignit ce jour-là une tapisserie de fond dans une coloration sourde et juste.

La tête était à peine indiquée, quand le duc demanda la permission de présenter à Joinville son fils, le prince Trivulzio.

— Comment donc! mais tout de suite, dit la princesse, si M. Joinville me permet de recevoir mes amis pendant les séances.

Le peintre n'osa pas refuser, quoiqu'il eût peur de se trouver tout à coup dans un tel milieu.

La présentation fut rapide et cordiale. Joinville remarqua que ce prince n'était pas princier jusqu'au bout des ongles. Il avait bien ce certain air que donne l'habitude de vivre dans les régions supérieures, mais sa figure, sans être commune, manquait de haute distinction. C'était un grand garçon, yeux bleus, teint coloré, cheveux châtains, bouche entr'ouverte et rieuse, mais plus gaie que spirituelle.

Quoiqu'il vécût ou parce qu'il vivait loin de Paris, on sait déjà qu'il avait pris tous les tics parisiens. Je crois que le livre qu'il avait le plus lu c'était *la Vie parisienne*, sans parler des journaux qui ont des boulevardiers pour rédacteurs. Il était venu deux fois à Paris, non pas comme l'empereur du Brésil, pour assister aux séances des cinq Académies. Il avait été reçu de l'Académie de ces messieurs et de ces demoiselles. Aussi émaillait-il ses causeries les plus sérieuses des mots impossibles du dictionnaire de la langue verte.

Le duc lui reprochait de parler cette langue à la mode, mais il persistait, disait-il, à la parler au moins à Paris.

— Voyez-vous, mon père, on est plus éloquent si on lâche en parlant les bêtes féroces de la langue. Et puis il faut toujours prendre les modes des pays où l'on va : il faut flirter avec les Américaines, chantonner avec les Italiennes et parisianniser avec les Parisiennes, depuis les horizons bleus des immaculées jusque dans les catacombes de la vieille garde.

Joinville se trouva fort à son aise avec un

prince si facile à vivre. En effet, dès qu'il fut
entré il baisa la main de la princesse, en lui
disant :

— Vous êtes si charmante qu'un peu plus je
m'aventurerais à une fricassée de museaux. Voilà
qui aurait du ragoût pour moi !

— J'étais bien sûr, dit le duc, qu'il allait tout
de suite prouver son polyglottisme.

— Mais je parle aussi mal que lui, dit Ma-
hilde.

Là-dessus le duc, qui avait du monde chez lui,
salua et sortit, en disant à la princesse qu'il la
suppliait de remettre son fils dans les bonnes tradi-
tions. Mais c'était un parti-pris absolu.

La princesse demanda ce qu'il y avait de nouveau dans le monde étranger, car le prince était
bien placé pour tout savoir.

Il répondit qu'on se préparait à donner un coup
de torchon. Joinville était ravi, mais il n'avait
garde de suivre le prince dans cette voie. Il parlait
comme un parfait gentilhomme de la langue, lui
qui tous les soirs habillait la langue des guenilles
de l'argot.

Pour quiconque eût connu ces deux personna-
lités, c'eût été une vraie comédie de les voir ainsi
changer de rôle.

— Dieu merci, princesse, reprit Trivulzio, vous allez épater vos admirateurs dans cette feuille de vigne qui s'appelle une robe de bal ; mais vous êtes assez belle pour faire vos esbrouffes avec les bras nus. C'est de la superbomanie.

— Madame la princesse, dit Joinville avec une dignité glaciale, impose l'admiration sans le vouloir. Je ne veux pas qu'il y ait de la pose dans ce portrait, c'est une femme qui rêve à sa cheminée.

— Après cela, continua le prince, on ne tient pas aux acclamations de tous les jolis mufletons qui vont faire les docteurs à l'Exposition. Qu'ils se régalent avec les croûtes des rapins et qu'ils ouvrent les deux volets aux impressionnistes.

— De mieux en mieux, pensa Joinville.

Le prince allait toujours :

— Je ne voudrais pas être chargé de faire votre portrait, moi qui ne serais pas seulement capable de badigeonner mon museau. Il y a des femmes qui ont du chien, vous, vous avez du chic. Comment rendre cela ? Toutes ces dames ont soin de se tremper la bouche dans le vermillon, sans compter qu'elles payent à leurs yeux quatre sous d'expression, tandis que vous, vous avez le diable dans l'œil et le dessus du panier sur les lèvres. On en mangerait. Est-ce que vous vous la cassez aujourd'hui, princesse ?

— Mais oui, mes chevaux me prendront à quatre heures pour me conduire au Bois.

— Eh bien, j'irai flânocher un peu par là, pour voir comment jouent de l'œil les poupées dans leurs roulantes.

— Nous nous rencontrerons.

— Peut-être pour croquer le marmot. Adieu, princesse, je me rippe, ce qui veut dire en bon français : je me la brise.

— J'espère que nous dînerons ensemble, prince.

— Ah ! je suis désolé, car j'ai promis de gueulletonner ce soir avec un diplomate; ce sera ennuyeux à avaler sa bavarde, d'autant plus que pour mieux masquer ce qu'il ne sait pas, en profond diplomate, il fait semblant d'être paf au premier verre de château-yquem comme s'il buvait du sacré-chien. Adieu, princesse.

On entendit encore dans l'antichambre : Va comme je te pousse.

A peine Trivulzio était-il parti, que la princesse dit à Joinville :

— Voilà un original, mais c'est un bon diable. Comment le trouvez-vous, monsieur Joinville ?

— Très-bien pour un prince.

— Vous vous moquez.

— Pas du tout ; je trouve qu'en regard de ces messieurs à la mode, il a beaucoup de tenue. Si vous les entendiez, le soir, avec ces dames ! C'est là qu'il faudrait vous boucher les oreilles.

— Que peuvent-ils dire de plus abracadabrant ?

Joinville, qui voulait avoir de la dignité jusqu'au bout, répondit à la princesse :

— Je suis trop préoccupé de mon art pour avoir le temps d'apprendre les langues, même les langues de mon pays. Ma vie est toute de travail ; quand j'ai quelque temps à perdre, c'est pour aller chez ma mère.

La princesse pensa que Joinville était bien plutôt un prince que le prince Trivulzio.

— Sans compter, se dit-elle à elle-même, que ce jeune homme est fort beau, tandis que le prince est couci-couça.

Elle se laissait aller elle-même à vocabiliser comme le prince.

Elle avait remarqué les yeux de Joinville, yeux lumineux et profonds, yeux qui jetaient des éclairs et qui rappelaient l'abîme. La princesse aurait bien voulu connaitre sa vie privée. Il aimait sa mère, mais il ne devait pas lui donner tout son cœur ; il y avait sans doute une maîtresse sous jeu. Mathilde allait tenter de faire quelques fouilles, mais on vint dire que la voiture de madame la princesse était avancée.

X

POURQUOI LA PRINCESSE EMBRASSA-T-ELLE MADELEINE ?

Dans la malice des choses qui brouille les cartes, la vie humaine serait réglée comme un papier de musique : on irait droit son chemin sans bifurquer jamais, il n'y aurait que de grandes routes, on ne prendrait pas les sentiers perdus. Mais la malice des choses, qui s'appelle le hasard dans les petits jours, la destinée dans les grands jours, donne de rudes crocs-en-jambe à la raison, ou plutôt à la faillibilité de la raison, puisqu'il suffit d'un pli de rose, — ou d'un pli de robe, — ou d'un grain de sable pour faire trébucher un homme ou une femme dans leur volonté.

Ainsi va le monde, la malice des choses fait

tous les jours des romans, des drames ou des
comédies.

Madeleine n'imaginait pas qu'elle pût jamais
rencontrer Joinville dans un salon du faubourg
Saint-Germain; aussi devint-elle toute pâle,
quand un jour, en entrant chez la princesse, elle
aperçut Joinville à l'œuvre devant son portrait.

Avait-il trouvé son idéal ou bien avait-il déjà
fait sa fortune? car elle fut frappée de sa mé-
tamorphose : ce n'était plus un rapin, c'était un
gentleman.

— Comme tu es pâle ! dit la princesse en souriant à Madeleine, mais sans faire un mouvement
pour ne rien changer à la pose.

Madeleine s'avança silencieusement vers Mathilde.

— Il ne fallait pas me faire entrer, puisque tu
es en séance.

— Bien au contraire, M. Joinville me dit
qu'il ne faut pas laisser tomber mon expression.
L'expression ! tout est là, n'est-ce pas, monsieur
Joinville ?

Mais le peintre était devenu silencieux comme
Madeleine.

— Que dis-tu de mon portrait? demanda la
princesse à son amie.

Madeleine regarda la figure largement ébauchée où se révélait déjà l'air de tête comme on voit le soleil au travers d'un nuage.

— Je dis que ce sera très-bien.

— N'est-ce pas? Ce que j'aime dans M. Joinville, c'est qu'il n'y va pas par quatre chemins; il peint les femmes comme elles sont.

— Je ferais peut-être mieux, dit Joinville, d'imiter l'école académique, celle-là qui fait les femmes comme elles veulent être et non comme elles sont : du lait, des roses, de l'azur !

— Oh ! ne me parlez pas de cela ! s'écria la princesse. Si on n'est pas belle, qu'on ne se laisse pas peindre; mais il ne faut pas que le pinceau fasse des mensonges.

— Il y a là du pour et du contre, dit Madeleine, pour dire quelque chose. Les peintres ne doivent pas non plus photographier pour peindre. Si l'art est absent, c'est que l'âme est absente.

Joinville interrompit son coup de pinceau.

— Vous exprimez ma pensée, mademoiselle. On se demande souvent pourquoi tel portrait semble si vrai et si fâcheux. C'est qu'il ne représente que la surface extérieure quand le soleil ne luit pas, je veux dire quand l'âme ne répand pas sa lumière. Voilà pourquoi le portrait est le

désespoir des peintres. Il y a longtemps que
Zeuxis a dit des figures d'un de ses rivaux :
« Effigies sans âme. »

La conversation continua sur cette idée ; mais
quoique Madeleine eût bien exprimé la théorie,
Joinville peignait mal parce qu'il ne voyait plus
que la figure de la jeune fille.

Ce n'était point, d'ailleurs, la première fois
qu'un peintre était dominé par un type. On a
remarqué que les portraitistes amoureux donnaient toujours à leurs figures quelque peu du
même air de tête. C'est qu'il y avait une absente
dont la présence réelle s'imposait entre l'original
et le portrait.

L'orage était au cœur de Joinville. Il commençait à s'expliquer pourquoi il ressentait une sympathie secrète pour la princesse. C'est qu'elle était
l'âme de Madeleine.

— Un peu plus, pensa-t-il, j'allais l'aimer.

Il n'était pas content de retrouver Madeleine
en si belle compagnie. Il avait peur que dans ce
beau monde elle ne fût déjà promise à quelque
ami de la princesse. L'amour est désintéressé et vit
de sacrifices. Le peintre aurait voulu que Madeleine fût pauvre pour être plus sûr d'arriver à elle.
Sa beauté radieuse était déjà une fortune qui

l'effrayait. Était-il possible de croire que cette belle fille serait un jour la joie de son atelier ? Il se hasarda à demander à Madeleine si elle avait jamais été peinte.

— Oh ! mon Dieu oui, dit Madeleine, j'ai une jeune amie qui peint dans la gamme de Mlle de Mendeville et de Mme Madeleine Lemaire. Vous voyez d'ici qu'elle m'a gâtée ou plutôt qu'elle ne m'a pas gâtée.

— Oui, dit Joinville, les tons clair-vif et lumineux. Les fier-à-bras disent beaucoup de mal de cette peinture-là, mais ils voudraient bien broyer ainsi des roses sur leur palette au lieu d'y broyer du noir.

— De mieux en mieux, dit la princesse, on fait des mots ici.

— Ma foi, madame, dit le peintre, dans la peinture on fait plus de mots que de chefs-d'œuvre, parce qu'il y a des ateliers où on apprend à faire des mots, lorsqu'on n'apprend jamais à y faire des chefs-d'œuvre.

Joinville oubliait trop que la princesse fût là ; il regardait Madeleine, comme si ce fût elle qui posât.

— Si vous voulez, mademoiselle, je ferai votre portrait.

Mathilde, qui pensait toujours tout haut, s'écria :

— Mais comment donc! tout de suite. Viens te mettre à ma place, Madeleine. Il paraît que M. Joinville sera mieux inspiré par toi que par moi.

La princesse avait abandonné sa pose.

Joinville ferma la parenthèse.

— Madame, dit-il, en efféminant son sourire, les peintres qui commencent, comme moi, voudraient peindre toutes les femmes. Il leur faut toujours un portrait sur la planche ; mais je serais désespéré de m'interrompre dans le vôtre. C'est pour moi une bonne fortune inespérée. Si je ne fais pas une belle chose avec vous, je suis le dernier des rapins.

La duchesse se laissa reprendre aux caresses du regard et aux caresses du pinceau ; elle se remit à sa place.

— Veux-tu goûter, Madeleine?

— Non, dit la jeune fille, je n'ai pas faim.

C'est qu'elle goûtait du cœur.

— Et vous, monsieur Joinville?

— Non, parce que la couleur se refroidirait.

— Allons donc! nous la réchaufferons. D'ailleurs, cela vous donnera l'occasion de peindre au couteau, comme les peintres à la mode.

— Oh! ce n'est pas le coup de couteau qui manquera dans ma peinture. Puisque vous êtes si gracieuse, princesse, je vous demanderai encore à fumer une cigarette.

— D'autant mieux, dit la princesse, que je ne serais pas fâchée d'en fumer une moi-même. Voulez-vous me la faire?

Joinville eut bientôt roulé deux cigarettes. Il comprit que ce n'était pas la peine d'en rouler une troisième : il voyait sur les lèvres de Madeleine un rouge virginal que rien n'avait altéré.

Après la cigarette fumée, Joinville se remit au portrait. Sans doute Madeleine avait fait la lumière en lui, car ce jour-là, il trouva l'expression de la figure dans une adorable lumière teintée de rose et d'ambre.

— Bravissimo! dit Mathilde en venant regarder son portrait. Mais ce n'est pas tout à fait moi.

Ce n'était pas tout à fait elle, parce que le peintre y avait mis à son insu quelque chose de Madeleine.

Dans les anciens portraits, il y a ainsi des airs charmants qui nous séduisent et nous troublent. C'est que l'amour a passé par là, non pas seulement dans le cœur de celui qui a posé, mais dans le cœur de celui qui a peint. Et ce miracle de l'art qui se produit si le peintre est amoureux de son modèle, comme Léonard de Vinci le fut de la Joconde, se produit aussi si le peintre est amoureux ailleurs, parce qu'il donne alors à la femme la magie de l'amour, dans la magie de l'art.

— Oh! comme je suis heureuse de ma figure! reprit la princesse.

Elle embrassa Madeleine avec effusion.

— Un peu plus, lui dit-elle tout bas, j'aurais embrassé M. Joinville.

Madeleine ressentit une épine de jalousie, car elle comprit qu'en l'embrassant c'était Joinville que la princesse embrassait.

Elle se dit à elle-même :

— Ce n'est pas seulement le peintre qu'elle embrasse...

XI

POURQUOI MADELEINE TRESSAILLIT

ADELEINE voulut s'en aller : elle n'avait pas le cœur content; il lui fallait une heure de rêverie solitaire.

La princesse lui disait souvent : *Tu es Diane et je suis Junon.* C'était bien dit : Si Mathilde avait les emportements et les colères de Junon, Madeleine avait les altières chastetés de Diane et ses fières aspirations vers les solitudes. Mathilde retint encore un instant Madeleine, mais tout d'un coup la jeune fille salua et sortit, disant qu'elle entendait la voix de M. d'Armeville.

En effet, c'était le marquis qui discutait avec le prince Trivulzio.

— Comment voulez-vous, dit le prince en voyant Madeleine, que je quitte Paris, quand Paris renferme des jeunes filles comme Mlle Madeleine, des merveilles de beauté qui ont à la fois l'esprit et le chic !

— Mon cher prince, dit M. d'Armeville, c'est le chic qui vous perdra.

— A moins que ce ne soit le cœur, dit le prince en baisant la main de Madeleine.

— Pas si bête, reprit le marquis. Décidément c'est à Paris qu'on fait ses classes de philosophie.

— Et vous voulez m'envoyer au diable !

— Mon cher prince, il y a là une question d'État, vous le savez bien. C'est à peu près comme si un ambassadeur à Vienne représentait son pays dans les coulisses de l'Opéra.

— Quoi ! prince, vous allez dans les coulisses de l'Opéra ! dit Madeleine.

— Vous savez comme je suis étourdi. Vous chantez si bien, que je me suis imaginé que je vous trouverais par là.

— Pas encore.

— J'espère bien que vous n'y irez jamais. Les anges ne se perdent pas avec les diables.

— Oui, oui, dit le marquis, faites le bon apôtre.

— Pourquoi pas? Confiez-moi Madeleine, je serai son ange gardien. Une idée, mon cher marquis : permettez-lui de venir avec moi, je partirai tout de suite.

— Comment donc ! voilà les camarades de route qu'il vous faut.

— Oh ! j'y vais bon jeu bon argent; si vous voulez, avant de partir, nous ferons un petit tour à la mairie et une petite station à l'église.

— Oui, vous ferez ça absolument comme on prend un verre de fine champagne.

— Vous connaissez ma devise : « Vivre selon mon cœur. »

— Par malheur, dit Madeleine en souriant, ce n'est pas là une devise de prince.

— Mademoiselle, je vous en supplie, priez le duc et le marquis de me permettre huit jours de plus, les joies de Paris ; je m'oblige à passer ces huit jours à vos pieds.

— Décidément, dit le marquis, c'est un tic. Pour parler de choses sérieuses, mon cher prince, attendez donc que vous soyez majeur.

— Je le serai dans un an. Et d'ailleurs, on m'a émancipéé dix-huit ans.

— C'est pour cela que vous serez un enfant jusqu'à vingt-cinq.

— Enfin, je me soumets, je dois partir, je remercie Dieu, mademoiselle, puisqu'il vous a conduite ici aujourd'hui. Je vous emporte dans mon cœur, c'est toujours ça.

— Grand bien vous fasse, prince.

Le duc survint, puis Renozzi, puis Mathilde. Le prince embrassa Mathilde et Madeleine. Comme on parlait haut, il put dire à la jeune fille sans être entendu :

— Madeleine, je vous aime.

Et cela fut si bien dit — voix des lèvres, voix du cœur, — que Madeleine tressaillit et s'éloigna en toute hâte.

Avait-elle peur de montrer son émotion au prince ? Avait-elle peur que Mathilde, qui voyait tout, ne jetât un éclat de rire à travers ce sentiment qui répandait l'ombre sur son cœur, comme une nuée d'orage ?

Tout le monde était occupé du départ du prince ; on ne remarqua pas la sortie subite de Madeleine.

Trivulzio, pourtant, la suivit des yeux avec une douce mélancolie.

— Comme elle est belle ! murmura-t-il.

— De qui parlez-vous ? lui demanda Mathilde.

— De qui voulez-vous que je parle, si ce n'est de Madeleine ?

Il soupira.

— Partir ! ajouta-t-il ; je suis d'autant plus désespéré que je viens de voir Madeleine. Ah ! Madeleine ! c'est la terre promise : c'est là que je voudrais aller.

— Vous n'êtes point dégoûté, vous savez bien que c'est impossible. D'ailleurs je connais Madeleine, vous ne seriez point heureux avec elle.

— Eh bien, moi, je connais mon cœur ; je ne serais point heureux sans elle.

XII

LE CŒUR DE MADELEINE

E hasard, qui est le meilleur des roman-
ciers, mit en présence Joinville et Madeleine
devant Sainte-Clotilde.

Joinville espérait-il que Madeleine passerait
par là en sortant de chez la princesse? Il la salua
en souriant, mais avec un profond respect. Elle
répondit par le même salut. Il s'approcha d'elle.
Elle parut surprise, mais elle ne s'esquiva point.

— Est-ce que vous aimez cette église, mademoiselle?

— Oui, monsieur, j'aime toutes les églises.

— Et moi aussi, mais j'aime surtout les an-
ciennes.

— Et moi aussi, parce que le temps donne un caractère sacré au travail des hommes.

— Oui, n'est-ce pas, mademoiselle? Il me semble que Dieu a comme nous des habitudes : il faut qu'il s'accoutume à un autel. Dieu ne doit pas aimer à essuyer les plâtres. A une pareille Majesté, il faut des églises comme Notre-Dame.

Madeleine souriait vaguement tout en gardant sa gravité méditative.

— Oh ! monsieur, vous faites comme tous les peintres, vous représentez Dieu sous l'image d'un homme, un peu plus vous en feriez un de vos camarades d'atelier. Dieu voit les choses de plus haut, toutes ses églises sont bonnes pour la prière.

Et comme Madeleine ne voulait pas éterniser cette conversation hors de propos, elle ajouta :

— Voilà pourquoi je vais prier à Sainte-Clotilde.

Joinville, qui aurait bien voulu en dire davantage, ne trouva plus que ce mot à placer :

— Priez pour moi, mademoiselle.

Quand Madeleine fut dans l'église, elle pensa à Joinville et à Trivulzio, quoique la majesté du sanctuaire élevât ses idées et lui montrât le néant des passions de ce monde. Mais l'amour pour elle n'était pas un sentiment indigne de l'église, elle avait le cœur trop pur pour ne pas penser pour ainsi dire tout haut devant Dieu.

Celui qui avait touché le plus son cœur c'était Joinville. Mais dans les derniers jours, le prince avait été si beau prince avec elle, qu'elle n'avait pu se défendre d'une amitié teintée d'amour. Joinville n'était peut-être qu'un rêve. Serait-il jamais sérieux, ce peintre emporté par les passions parisiennes? Et d'ailleurs, qui sait si son enthousiasme d'un jour ne s'était pas trop amorti pour qu'un amour profond jaillît de là?

L'adoration du prince lui semblait tout aussi sérieuse, avec le sacrifice en plus, puisque le prince lui avait dit qu'il jetait sa fortune à ses pieds.

Et puis, être princesse, c'est bien quelque chose, même quand on met, comme Madeleine, son cœur et son esprit au-dessus des vanités de ce monde.

Quand elle fut rentrée chez sa marraine, elle dit à Léonie, qu'elle trouva seule devant son chevalet:

— Écoute-moi, tu te plains toujours de mon air mystérieux, tu dis que mon cœur est plein de secrets et que c'est une forteresse où nul ne peut pénétrer ; eh bien, je vais t'ouvrir mon cœur. Je t'ai parlé déjà de cette absurde rencontre aux Champs-Élysées d'un peintre qui voulait me portraiturer avec passion. Eh bien, je me suis laissé prendre à je ne sais quelle vague sympathie pour ce Raphaël en herbe. Ce n'est pas tout : vois si je suis franche. Je t'avouerai qu'après avoir rencontré ce jeune peintre chez la princesse, je me suis laissé toucher par les adorations d'un prince.

— Comme tu y vas, s'écria Léonie. A quand le troisième ?

— Ne rions pas, je suis sérieuse quand j'ouvre mon cœur. Que ferais-tu si tu étais à ma place ?

— Peux-tu me le demander ? J'aimerais le prince.

— Pourquoi ?

Parce que le prince est un prince et que le peintre est un peintre. Si je ne peignais pas moi-même, je me passionnerais peut-être pour le peintre ; mais je n'ai jamais compris un amant et une maîtresse...

Léonie vit bien que ces paroles blessaient Madeleine. Elle reprit :

— Un homme et une femme faisant la même chose. Si j'épousais un peintre, nous ne pourrions pas nous entendre sur les couleurs et nous nous jetterions nos palettes à la figure.

— Tu es folle.

— Pas si folle. On s'aime par les contrastes. Tu es une petite bourgeoise, tu épouses un peintre si tu as le sens commun, mais si tu es un peu romanesque tu épouses un prince.

— Alors toi tu aurais beau aimer un peintre...

— Oh ! moi, c'est tout autre chose, je suis bien décidée à ne me jamais marier.

— Alors tu n'aimeras jamais ?

— Ce n'est pas une raison.

— Tu m'effrayes ! tu vois bien qu'on ne peut pas causer sérieusement avec toi.

— Quand tu seras sérieusement malheureuse dans le mariage, tu reconnaîtras que je ne suis pas si folle.

— Tu joues au scepticisme, mais s'il venait demain un beau garçon pas mal riche qui te demandât ta main, la lui donnerais-tu avec ton cœur ?

— Peut-être mon cœur, mais pas ma main.

Madeleine regarda Léonie comme on regarde un enfant terrible.

— Chut ! lui dit-elle, il y a trois degrés dans le péché, a écrit Mme de Sévigné à sa fille : penser, dire, faire.

— Pour moi, dit Léonie, c'est tout un, parce que ce que je pense je le dis, et ce que je dis je le fais.

— Moi aussi, dit Madeleine, mais moi je suis dans l'esprit de Dieu, tandis que toi tu es dans l'esprit du Diable.

Madeleine embrassa Léonie et Léonie embrassa Madeleine.

— Je songe à une chose, dit tout à coup Léonie : il y a dans ton jeu un roi de cœur et un valet de cœur ; tu te demandes si c'est au roi ou au valet que tu donneras ta main ; ne t'inquiète pas, une femme n'a pas à donner sa main, on la lui prend.

La nuit, Madeleine, après avoir lu des légendes orientales, rêva qu'elle se penchait sur son cœur comme un jardinier se penche sur les fleurs nouvelles ; le prince et le peintre étaient représentés par un lys et un œillet. Quand elle voulut les cueillir, elle s'aperçut que l'œillet et le lys étaient fanés.

Elle rêva encore que son cœur renfermait un rosier dont les épines étaient toutes perlées de sang.

XIII

ÇA ET LA

EPENDANT la comtesse anonyme, je veux dire Mme de Charmont, était revenue chez Mme Templier en compagnie de Mme Suzanne, la sœur de la ci-devant sage-femme.

J'ouvre ici une parenthèse pour dire un mot de cette Mme Suzanne, qui était tout à la fois marchande à la toilette et marchande de curiosités. Ne voyez-vous pas encore dans votre souvenir sa boutique de la rue de Provence où apparaissaient ses filles dans toute la beauté du diable ?

Mais je ne ferai entrer en scène qu'un peu plus tard la mère et les filles, trois coquines de haute volée.

Il y a dans toutes les familles des parents pauvres qu'on secourt à domicile et qu'on ne reçoit guère chez soi. Mme Templier ne recevait que de loin en loin sa sœur et ses nièces, non pas à cause de leur pauvreté dorée, mais parce qu'elle les jugeait indignes de sa maison, depuis qu'elle élevait en toute piété et en toute vertu Madeleine et Léonie.

Mme Suzanne, qui ne croyait à rien, se moquait de sa sœur, mais Mme Templier lui disait : « Nous verrons qui de toi ou de moi aura raison. »

La comtesse de Charmont n'était revenue chez l'ancienne sage-femme que parce que Mme Suzanne lui avait parlé d'elle à propos de quelques bijoux anciens.

— Vous la connaissez donc ?

— C'est ma sœur. J'y vais de ce pas.

— Eh bien ! je vous accompagne.

La comtesse de Charmont attendit patiemment que les deux sœurs en eussent fini avec leurs bijoux. Elle jugea que Mme Suzanne ne se servait de son titre de sœur que pour vendre un peu plus cher ses bibelots. Mme Templier avait le tort de donner dans la quincaillerie italienne et espagnole. Elle raffolait en outre des choses du xviiie siècle : boucles, colliers et pendants d'oreilles en strass. Elle disait gaiement d'ailleurs : « Il y en

a qui éclairent leur petite personne avec des bougies, moi je m'éclaire avec des chandelles, mais ça
brille tout de même. »

Quand Mme Suzanne fut partie, la comtesse anonyme conta à Mme Templier son aventure au château de la Roche-Noire. Quoiqu'il lui en coûtât
de dire comment la princesse l'avait chassée, elle
ne cacha rien à l'ancienne sage-femme.

— Voyez-vous, madame Templier, celle qui
m'a mise à la porte en m'insultant, je crois encore
que c'est ma fille.

— Madame, vous êtes folle, dit Mme Templier ;
la voix du sang eût empêché votre fille de vous
maltraiter ainsi.

— Des préjugés ! des préjugés ! D'ailleurs, j'ai
abandonné ma fille : elle est dans son droit ; je
ne suis plus pour elle qu'une étrangère. Seulement je revenais à elle le cœur ouvert, décidée à
m'accuser pour lui inspirer mon pardon. Je ne
mourrai pas pour ne pas retrouver ma fille ; mais
enfin l'idée que j'ai une fille et que je ne la vois
pas, me tourmente de plus en plus. Aussi je n'ai
pas dit mon dernier mot.

— Ni moi non plus, dit Mme Templier, mais
jusqu'ici j'ai dit tout ce que je savais.

Mme Templier avait déjà eu des nouvelles de la

seconde mère par les journaux. Après une instruction très-longue, cette cause célèbre de Mme Marsault, née Caroline Darblé, surnommée la nouvelle Lucrèce, allait venir aux assises. Pour ce qui est de la troisième mère, Mme Templier n'en avait plus entendu parler. Avait-elle recommencé le tour du monde? Mme Templier disait souvent à son mari :

— Ah ! mon cher capitaine, nous n'avons pas d'enfants, mais nous en aurions un régiment qu'ils ne me donneraient pas plus d'inquiétude que *mes trois duchesses* avec leurs familles. Le plus souvent, quand les enfants sont perdus, ils sont bien perdus. Mais ici j'ai affaire à trois mères entêtées qui n'en veulent pas démordre, sans parler de la quatrième mère, la seule qui fût charmante, la seule dont l'image me poursuive sans cesse.

En disant ces mots, l'ancienne sage-femme ne se doutait pas que le fils de la provinciale, celui-là qu'on avait fait prince par substitution, lui donnerait aussi beaucoup de fil à retordre.

LIVRE II

COMMENT TOMBENT LES FEMMES

I

LE PRINCE TRIVULZIO.

Or, que devenait Trivulzio? On sait qu'il était parti pour une destination inconnue, mais il n'y fut pas retenu longtemps, car on le vit réapparaître dans le Paris des noctambules. Car cette fois il revint incognito et ne descendit pas à l'hôtel du duc de Marigny.

Quand un prince étranger vient à Paris, prince de sang royal ou prince d'aventures, son Louvre c'est le Jockey-Club. Il se fait présenter à ces messieurs, — et à ces dames, — et à ces demoiselles, qui jouent la comédie de l'amour dans le demi-

monde, ou dans le demi-monde des théâtres —
ou dans l'arrière-monde.

C'est ce que fit le prince Trivulzio. En vingt-
quatre heures il eut vingt-quatre camarades de cigare : autant en emporte une bouffée de fumée. Il
eut aussi vingt-quatre camaradines de cigarette,
c'est-à-dire qu'il cueillit des promesses ou des espérances sur le dessus du panier que promène
M. de Cupidon dans les parages du Lac, de
l'Opéra, du Café Anglais.

Il était aux anges. Il ressemblait à ces enfants
qui, dans les boutiques de confiseurs, vont toucher à tout avec délices, sans savoir quelle boîte
de bonbons ils emporteront.

Ces messieurs ne répondent que de loin en loin
aux invitations du monde comme il faut, mais
ils ne dédaignent pas d'aller dans le monde un
peu moins comme il faut des femmes adultères,
des femmes séparées de corps, quand les biens
sont mangés, des filles à marier sur la planche,
des vertus en demi-solde ; en un mot du monde
qui a déserté les joies sérieuses de la famille,
pour les joies éplorées des mauvaises aventures.

L'hiver — qui me contredira ? — il n'est pas
rare, si on va le même soir dans le monde et dans
le demi-monde, de rencontrer plus de princes ici

que là-bas. Ils disent qu'ils auront toujours le temps quand ils seront mariés de se réfugier dans les joies de la famille. En attendant, il faut que jeunesse se passe. Et jeunesse se passe en toute vapeur ou à quatre chevaux. Louis XIV n'a-t-il pas donné l'exemple, quand il enlevait Mme de Montespan à huit chevaux, — et qu'il en donnait un — à M. de Montespan pour retourner seul dans ses terres? Les mauvais exemples viennent de haut.

Le prince Trivulzio courut donc les bals de ces dames et de ces demoiselles. Il s'était donné un troisième pseudonyme dans ces petites fêtes, pour que son nom ne vînt pas à l'oreille de son père.

On le présenta un soir dans un hôtel de l'avenue de la Reine-Hortense, où avait échoué la vertu d'une femme du monde, qui humiliait à cette heure son blason aux pieds d'un financier. Elle se consolait de ses chutes en faisant du bruit. Toutes les semaines elle donnait une soirée dansante où ne pénétrait aucune des filles à la mode, mais où s'épanouissaient beaucoup de femmes tombées, au milieu de quelques bourgeoises femmes d'honneur, mais imprudentes, qui venaient brûler leur renommée à la bougie.

Mme Templier allait chez cette vicomtesse bien connue, que nous appellerons la vicomtesse rousse : une chevelure de feu, une comète tombée du ciel.

La vicomtesse avait une fille qui peignait dans le même atelier que Léonie. C'est par les filles que les mères s'étaient connues. On comprend comment Mme Templier était venue chez la vicomtesse rousse, n'y regardant pas à deux fois, quelque peu fière d'être si bien accueillie en si bonne maison, au milieu de gens titrés qui lui faisaient bonne mine à cause de sa filleule.

Madeleine était allée là une fois, sous prétexte de chanter; mais comme elle avait vu que, vers trois heures du matin, pendant le cotillon et pendant le souper, ces messieurs n'y allaient pas de main morte, elle avait juré qu'elle n'irait plus.

Ce fut en vain qu'elle conseilla à Léonie de n'y plus retourner elle-même. La jeune artiste, qui justement s'était fort amusée vers trois heures du matin, pendant le cotillon comme pendant le souper, n'écouta pas Madeleine. Elle dit à sa marraine que ce n'était pas en restant au coin du feu qu'elle trouverait des portraits à faire; car elle commençait à portraiturer au pastel avec quelque talent.

On peut dire de certaines femmes que ce sont des belles du jour, comme on peut dire des autres que ce sont des belles de nuit. Car il y a des figures qui le jour paraissent éteintes, mais qui le soir s'illuminent de je ne sais quelle auréole. Le soleil les affadit, tandis que la lumière des bougies donne plus d'éclat à leurs yeux et à leur teint. Pareillement il y a des femmes qui sont rayonnantes le jour et qui sont effacées la nuit, quel que soit le jeu des lumières.

Madeleine était belle le jour et la nuit, mais c'était surtout une belle de jour parce que c'était la beauté indiscutable.

Léonie, au contraire, n'était qu'une belle de nuit. Le jour devant son chevalet, on se contentait de la trouver gentille; mais le soir elle était radieuse, jetant toutes voiles dehors, coquette à outrance, répandant autour d'elle toutes les magies des regards et des sourires.

Aussi quiconque la voyait la première fois en tombait soudainement épris. Elle était de celles dont on dit : c'est la reine de la fête, tant elle éblouissait son monde ; beauté bruyante et rieuse, chef-d'œuvre de grâce et de charme. Le vrai théâtre de cette Célimène en herbe et en fleur c'était le salon de la vicomtesse rousse. Quand elle n'était

pas là il fallait allumer vingt-cinq bougies de plus;
on s'en allait une heure plus tôt; le souper semblait mesquin. Aussi la vicomtesse rousse lui écri-
vait-elle chaque fois les billets les plus tendres pour
qu'elle vînt de bonne heure, lui disant que la
fête ne commençait jamais avant qu'elle fût
arrivée.

On avait bien un peu dit à Mme Templier que
la vicomtesse rousse était coiffée à la diable parce
qu'elle avait jeté son bonnet par-dessus les mou-
lins; mais Mme Templier qui en avait tant vu, qui
ne voulait pas refaire le monde, qui ne jetait jamais la première pierre aux femmes, continuait à
conduire Léonie dans l'hôtel célèbre de l'avenue
de la Reine-Hortense.

II

COMMENT LÉONIE TOURNA LA TÊTE A UN PRINCE

UN soir, à une dernière fête de la saison, le prince Galitzin présenta un prince étranger sous le nom du prince de Villafranca. C'était Trivulzio.

— Mais c'est le prince charmant, dit tout de suite Léonie.

Après avoir salué la maîtresse de la maison, le prince de « Villafranca », jetant un rapide regard, vit tout de suite que Léonie était la beauté par excellence du salon. Il demanda à lui être présenté, sous prétexte de valser avec elle.

Elle avait promis toutes les valses de la soirée, mais elle ne fit aucune façon pour donner un tour de faveur. Il faut bien que les princes aient encore quelques priviléges; on les fait danser dans leur royaume, mais ils font encore valser les femmes de leur prochain.

Un prince qui va dans le demi-monde, je dirai même dans le monde qui confine au vrai monde, n'y va pas par quatre chemins pour faire la cour à sa valseuse.

Et d'ailleurs, aujourd'hui, quel que soit le salon, n'a-t-on pas supprimé toutes les préfaces? Il n'y a plus que les parvenus qui fassent des phrases, les autres parlent bon jeu bon argent. Aussi le prince débuta par ceci ou à peu près :

— Si j'étais un roi de l'ancien régime, je vous condamnerais à la prison perpétuelle dans mon palais.

On voit d'ailleurs que c'était encore une périphrase; mais c'était pour aller plus vite.

— Pourquoi, prince? demanda Léonie d'un air étonné, mais moqueur.

— Vous le savez bien, parce que je suis jaloux avant de vous aimer.

— C'est la carte forcée, prince. Vous voulez être aimé avec quatre hommes et un caporal.

— Comment voulez-vous être aimé d'une femme à Paris, si elle a cent adorateurs autour d'elle ?

— Toutes ces adorations-là ne vont pas au
cœur; il y a un moyen bien simple d'enfermer
une femme à triples verrous; il ne faut ni palais
ni geôlier pour cela.

— Quel est donc votre secret, mademoiselle?

— C'est de vous faire aimer, prince. Une
femme qui aime un homme ne voit plus que
lui, ne pense plus qu'à lui, ne vit plus que pour
lui. Elle est séquestrée du monde, tout en restant
dans le monde.

— Oh! oh! je n'ai qu'une confiance limitée
dans votre théorie : voulez-vous me la prouver
par la pratique ?

— Oh! prince, vous ne perdez pas de temps.
Je ne prends pas feu comme ça. Songez que je ne
vous ai jamais vu. Nous nous connaissons depuis
une minute. Si nous nous connaissions depuis un
an...

— C'est le vieux jeu, mademoiselle. Autrefois,
la vie était si longue qu'on passait toute une
année à se faire une déclaration d'amour. Est-elle
moins vraie parce qu'elle est soudaine? Songez
donc, mademoiselle, que Dieu a créé le monde en
six jours.

— Oh! je n'ai pas oublié mon catéchisme, mais

Dieu ne nous a pas donné son secret pour aller si vite.

Mais pourquoi redire toute cette conversation ? c'est assez d'en donner l'esprit et le ton.

Léonie trouvait que le prince était un peu jeune pour parler ce langage de sceptique ; mais elle voyait bien que le prince forçait sa nature : il se donnait les airs d'un homme qui ne doute de rien quoiqu'il eût peur de tout.

Il paraît qu'il ne perdit pas son temps ce soir-là, car il valsa trois fois avec Léonie, il fut son cava-lier au cotillon et son voisin au souper.

— Prenez garde, dit une dame à Mme Templier, les princes sont dangereux, les princes n'épousent pas.

— Oh mon Dieu ! répondit Mme Templier, j'ai toujours reconnu que les imbéciles étaient plus dangereux que les gens d'esprit, parce qu'on ne se défie pas de ceux-là. Nous ne sommes pas ici dans une agence de mariage, j'aime mieux que Léonie s'amuse avec un homme bien élevé qu'avec un butor.

Je crois qu'on s'aimait beaucoup quand on se sépara vers trois heures du matin.

— Il serait si simple de ne pas nous quitter,

avait dit le prince, en regardant Léonie avec des
yeux passionnés.

— Pas si simple que ça, avait répondu Léonie;
il vous faudrait demander ma main, et je ne suis
pas disposée à la donner.

— Et votre cœur?

— Nous en reparlerons.

— Où allez-vous demain?

— A l'Exposition des Champs-Élysées.

— Avec votre mère?

— Avec ma marraine.

— Je vous y retrouverai.

— Une aiguille dans une botte de foin.

— On se retrouve toujours quand on se cherche.

— Je ne vous chercherai pas, prince.

— Qui sait?

Qui sait? voilà le vrai mot. Tout est écrit là-
haut, mais nous n'avons pas encore d'assez bonnes
lunettes pour lire la page de demain.

III

LA POMME D'OR DES HESPÉRIDES

L E caractère de Léonie, c'était de n'avoir pas de caractère. Elle allait à tout venant, ici décidée, là indécise; se passionnant pour retomber dans le nonchaloir du scepticisme. En un instant elle prenait feu et s'éteignait. Elle n'avait pas plutôt déployé ses ailes pour l'imprévu, qu'elle se croisait les bras et les jambes en disant : « Je n'irai pas. »

Elle avait soif de tout, mais cette soif s'arrêtait aux lèvres.

Aussi était-elle insaisissable.

Ce va-et-vient en toute chose la sauvegardait. Bien des fois déjà l'amour avait pris toutes les figures, celles des épouseurs comme celles des coureurs d'aventures, pour la soumettre et l'asservir.

Mais M. de Cupidon avait perdu son temps.

Après un quart d'heure de sentiment, Léonie reprenait sa raison railleuse ; décidant qu'après tout, il n'y avait que son chevalet, comme Madeleine décidait qu'il n'y avait que son piano.

Et encore Léonie était-elle plus dégagée, puisqu'elle n'avait rencontré ni son Joinville ni son prince Trivulzio.

Mais à la dernière soirée de la vicomtesse rousse ce fut tout autre chose. Le prince Trivulzio, qui avait pris Madeleine à moitié, prit Léonie toute entière.

Fut-ce parce qu'il était prince ?

On a vu déjà que, quoiqu'il n'était pas comme César, fils de Vénus, il avait quelques agréments, avec sa robustesse et son air de diable à quatre.

D'autres auraient pu le vouloir plus princier, c'est-à-dire plus fier, plus noble, plus délicat. Mais quoique un peu tudesque, il prenait ses coudées franches avec un charmant abandon.

Voilà pourquoi Léonie ne dormit guère, toute préoccupée de ce coup de tonnerre dans sa vie.

Le matin, elle aurait voulu avancer la pendule pour arriver de bonne heure à l'Exposition.

Comme elle dépassait le péristyle pour se promener parmi les statues, Trivulzio l'aborda gaiement après avoir salué d'un salut de cour Mᵐᵉ Templier.

— Mademoiselle, puisque aussi bien vous êtes une artiste, je suis charmé de voir par vos yeux les marbres et les tableaux; je suis sûr que je prendrai une bonne leçon, car jusqu'ici, je n'ai aimé les arts que de trop loin, comme on aime certains pays qu'on n'a jamais vus.

Si la promenade fut charmante, vous n'en doutez pas.

Léonie était la plus jolie bavarde du monde, ayant toujours le mot pittoresque, parce qu'elle avait horreur du lieu commun.

Aussi, tout ce qu'elle disait marquait dans l'esprit du prince. Il était d'autant plus enjôlé que tout en parlant elle levait sur lui de beaux yeux noirs ombragés, des magnétiseurs, s'il en fut.

La rencontre dura une demi-heure.

— Où allez-vous ce soir? demanda le prince à Léonie.

— Nous irons au Cirque ou au concert des Champs-Élysées.

— J'irai.

— Oh! non, vous n'irez pas, car vous devez
vous moquer de ces plaisirs bourgeois. Ce n'est
pas là le Paris que vous aimez.

— Le Paris que j'aime est là où vous êtes, car
vous êtes l'âme de Paris.

— Je ne m'en doutais pas ; adieu, prince.

— Au revoir.

Le soir, à huit heures et demie, le prince, avant
d'aller voir les chevaux, tournait en fumant un
cigare dans le cirque du concert des Champs-Élysées. Il fuma un second cigare, mais Léonie ne
vint pas.

— C'est dommage, dit-il, car elle chante dans
mon cœur comme cette valse de Métra, *la Sérénade,* que j'ai valsée avec elle. Voilà ce que nous
aurions dû écouter ensemble.

On jouait *la Sérénade,* un chef-d'œuvre que ne
fera pas encore demain Strauss de Vienne, lequel
a été décoré cet hiver, parce que le ministre des
beaux-arts avait entendu aux bals de l'Opéra les
valses de Métra.

Quand le prince entra au Cirque, il vit Léonie
du premier regard. Quoiqu'elle fût à demi cachée
par les plis de la robe de Mme Templier, sa figure
rayonnait par l'éclat de sa beauté, comme par le
feu d'artifice de sa joue. Elle savourait à pleine

coupe le premier amour, l'ivresse l'éblouissait et tuait sa raison, si bien qu'elle n'avait jamais été si coquette.

Quelques jours auparavant elle était coquette pour elle, cette fois c'était pour le prince.

Quoiqu'elle fût arrivée de bonne heure, elle avait entraîné sa marraine aux avant-dernières stalles vers l'entrée des chevaux.

Elle avait calculé que les dernières stalles n'étant presque jamais occupées, le prince pourrait venir pour lui dire bonsoir, peut-être pour s'attarder en leur compagnie.

Elle ne s'était pas trompée, le prince ne s'amusa pas aux bagatelles des écuyères. Il monta et fit un demi-tour pour saluer Mme Templier et sa filleule.

Mme Templier lui présenta une dame de leurs amies qu'il avait entrevue déjà au bal de la veille.

— Cela se trouve bien, dit le prince en s'asseyant au-dessus de Léonie ; pendant que nous causerons du pôle nord, ces dames causeront chiffons.

— Comment, prince, il faudra aller si loin que cela avec vous ?

— Oh ! pour moi, l'Angleterre, c'est le pôle

nord ; c'est là qu'il me faut retourner ces jours-ci.

— Que pouvez-vous aller faire en Angleterre ?

— Des affaires d'État ! Voyez-vous, dans ce siècle de révolutions, il faut que les princes fassent leur chemin comme les premiers venus. Aussi je voyage beaucoup. Quand ce n'est pas en Angleterre, c'est en Allemagne, quand ce n'est pas en Allemagne, c'est en Italie.

— Commis voyageur en restauration ?

— Et jugez de mon chagrin, je ne voyage qu'avec mon ambition. Ah ! si je voyageais avec vous ! Ce serait encore avec mon ambition, car depuis hier je ne vois plus que vous ; que m'importe l'orgueil de l'esprit, si ce n'est pas l'orgueil du cœur ?

Léonie penchait la tête d'un air rêveur.

— La vie est ainsi faite que tout le monde y marche à l'inverse de sa fantaisie, nul ne fait ce qu'il veut.

— Que feriez-vous si vous aviez le droit de conduire votre destinée ?

— Je ne vous le dirai pas.

— Parlez, c'est mon cœur qui écoute.

— Léonie garda le silence, le prince comprit.

Et de la même voix et avec la même émotion qu'il avait déjà dit à Madeleine :

« Je vous aime », il dit à Léonie : « Je vous aime ».

Et comme Madeleine, Léonie tressaillit.

Mais elle se releva de cet éblouissement, elle prit un masque moqueur.

— Vous n'avez pas le droit de m'aimer, prince, puisque je ne suis pas princesse.

— Alors, vous me renvoyez avec mes pareils. C'est cruel, parce que jusqu'ici je n'ai pas vu de belles princesses.

— Moi je les ai vues toutes belles — dans les contes de fées.

— Oh ! mon Dieu, si vous vouliez, nous pourrions faire ensemble un bien joli conte de fées...

— Oui, il était une fois un prince et une princesse...

— Le prince dit à la princesse : dans un an et un jour vous serez ma femme, si j'ai accompli trois miracles de bravoure et d'esprit.

Léonie regarda le prince.

— Un an et un jour, je veux bien, dit-elle.

. Le prince prit Léonie au mot.

— Un an et un jour, mais nous ne nous quitterons pas, voilà pourquoi j'aurai le courage de tenter l'impossible.

— Non, non, ce n'est plus de jeu, j'ai voulu dire que dans un an et un jour...

— Je vous apporterai les pommes d'or des Hespérides ? Il est bien plus simple de les cueillir ensemble.

— Chut ! si ma marraine vous entendait.

— Je dirai que c'est une légende ou bien que nous faisons une féerie.

Le cœur de Léonie battait fort.

— Et où irons nous cueillir ces pommes d'or?

— Dans le jardin des Hespérides.

— Et où est le jardin des Hespérides ?

— Je n'en sais rien ; mais nous le trouverons... si nous sommes ensemble...

— Vous êtes bien engageant !

— Oh ! par malheur, vous avez une vertu cuirassée parce que vous avez beaucoup d'esprit. Je vois tout de suite que vous n'êtes pas de celles qui se laissent prendre. Et d'ailleurs, je manque d'habitude comme entraîneur.

— Je ne voudrais pas m'y fier.

Tout en causant ainsi, on s'interrompait pour dire un mot du spectacle avec Mme Templier et son amie ; mais on reprenait bien vite le fil d'or.

— Les préjugés, dit le prince, empêchent toujours qu'on ne soit heureux. Si je n'écoutais que mon cœur, si vous n'écoutiez que le vôtre, nous ferions peut-être publier nos bans à la mairie du VIIIe arrondissement. Mais, après tout, je suis bien capable de passer par-dessus les préjugés comme César a passé le Rubicon. Dites avec moi : *Alea jacta est*, et je me jette à vos pieds, et j'y reste toute ma vie.

Le prince parlait avec les yeux les plus amoureux du monde.

— Mon cher prince, je ne sais pas le latin, ensuite j'aurais peur de vous voir vous jeter à mes pieds, car on vous prendrait pour un écuyer.

Léonie riait, mais son cœur battait toujours.

— Et quel serait le pays, reprit-elle, où vous vivriez à mes pieds ?

— J'ai trois ou quatre palais et trois ou quatre châteaux, au nord et au midi. Vous pourrez choisir.

— Eh bien, nous irions dans le pays du soleil, en Italie, par exemple.

— Je comprends, vous iriez là bien moins pour moi que pour vos amis, Raphaël, Titien, Corrége et les autres.

— Peut-être, mais vous ne seriez pas jaloux de ceux-là.

— Non, parce que plus une femme aime l'art, plus elle aime l'amour.

— Tiens, c'est une jolie idée ! Est-ce vous qui avez trouvé ça, prince ?

— Voilà une question impertinente. Oui, mademoiselle, quand je déniche un nid d'oiseaux, c'est moi qui l'ai découvert. D'ailleurs, il faut dire la vérité, si j'ai un peu d'esprit, c'est grâce au vôtre.

— Ah ! je suis comme vous, je me sens archibête avec les imbéciles. Mais continuons notre route : nous étions donc au jardin des Hespérides ; est-ce que nous y resterons toute notre vie ? Vous m'avez parlé seulement d'un an et un jour.

— Un an et un jour c'est un siècle. Vous êtes-vous jamais imaginé qu'un amoureux et une amoureuse avaient retenu le bonheur pendant si longtemps ?

— Oui, Philémon et Baucis.

— Ah ! nous retournons à la chaumière, voulez-vous une chaumière ?

— Non, une chaumière un jour, un palais un an.

— Voilà la vérité, mais je vous réponds que si vous n'en avez pas assez d'un an et un jour, je

continuerai une seconde année à filer aux pieds
d'Omphale.

— Tout ça c'est des phrases.

Mais ici le prince se penchant un peu sur Léo‑
nie, lui dit avec passion :

— *Je vous aime, je vous aime, je vous aime.*

Après de si belles paroles, il fallut pourtant se
quitter.

— Demain, dit le prince à Mme Templier,
j'irai voir les pastels de Mlle Léonie, si vous le
permettez.

IV

LA NOUVELLE LUCRÈCE AUX ASSISES

E lendemain, vers midi, Trivulzio, sous prétexte de voir les pastels de Léonie, se présenta bravement chez Mme Templier. Ce fut une petite révolution parmi les femmes, car pour le capitaine il n'y avait ni princes, ni gentilshommes, ni bourgeois, ni propriétaires. Il y avait des généraux et des soldats.

Le prince n'avait pas d'uniforme, donc c'était le premier venu.

Mais Mme Templier n'était pas si stoïque. Un prince était un prince, comme un chat était un chat. Léonie cachait sa joie sous un masque placide, mais Thérèse, qui était devenue ronde comme un tonneau, éclatait en joie bruyante dans sa cuisine et au seuil de toutes les portes.

Madeleine était allée chez Mathilde.

— C'est bien heureux, pensait Léonie, que Madeleine soit allée déjeuner chez le duc de Marigny. Je ne voudrais pas qu'elle me surprît en flagrant délit de sentiment.

Naturellement le prince trouva que Léonie était un prodige par son talent comme par sa figure. Il lui demanda la grâce d'être peint par elle.

— Pourquoi pas? s'écria Mme Templier, par malheur nous allons faire une absence forcée.

— Que dites-vous là! murmura Trivulzio.

Cette absence allait interrompre son roman.

— Oui, reprit Mme Templier, j'ai le guignon d'être témoin dans une cause célèbre. N'avez-vous pas entendu parler de la Lucrèce de Beaugency qui va être jugée à Orléans?

— Comment donc! je crois bien! c'est une brave femme. Ce serait de l'injustice de la condamner, car elle a agi selon son cœur. Est-ce donc un crime d'avoir vaillamment donné un coup de couteau à ce Tarquin rustique qui était en récidive?

— Vous avez peut-être raison, dit Mme Templier, mais vous n'êtes pas du jury.

— Si j'étais avocat, je voudrais la défendre. Un peu plus, j'irais avec vous.

— Pourquoi pas ? c'est un spectacle comme un autre.

— Pour moi, c'est plus qu'un spectacle, c'est la passion et la société qui sont en cause. Le verdict du jury sera un enseignement s'il y a là des Salomons.

Mme Templier ne savait pas que Trivulzio qui se donnait le nom de Villafranca était tout justement le fils de Caroline Darblé. Aussi ne trouvait-elle pas mal qu'il l'accompagnât à Orléans, même si Léonie était du voyage. On sait que l'ancienne sage-femme avait quelque légèreté dans le caractère. Sa maxime était celle de la chanson :

> Nous n'avons qu'un temps à vivre,
> Amis, passons-le gaiement.

Et elle n'était pas contredite sur ce point par M. Templier, mais lui ne voulait pas aller à Orléans pour un drame judiciaire.

Mme Templier avait été assignée comme témoin à décharge.

Léonie n'avait pas dit un mot, elle était effrayée

de cette bonne fortune de faire le voyage avec le prince.

Cela lui paraissait impossible, mais elle se complaisait dans l'impossible.

— Quand partez-vous donc? demanda Trivulzio à Mme Templier.

— Par le train du soir. Nous arriverons avant minuit. C'est demain que s'ouvrent les assises. On commencera par là. L'affaire ne durera que deux jours. Nous avons déjà, d'ailleurs, un compagnon de voyage, Me Lachaud, le grand avocat.

— De mieux en mieux, dit le prince, je serai charmé de faire sa connaissance.

— Eh bien, ça va, mon cher prince.

Et comme Léonie ne voulait pas trop s'abandonner, elle dit :

— Nous nous retrouverons à la gare avec M. Lachaud.

— J'aurais pu venir vous prendre.

— Que dirait le capitaine! s'écria Mme Templier.

— Que dirait Madeleine! pensa Léonie. Je sais bien qu'elle a son prince, mais elle ne me permettrait pas d'en avoir un.

Léonie ne se doutait guère que Villafranca et Trivulzio ce fût tout un.

Ainsi fut dit, ainsi fut fait. On se retrouva à la gare ; le voyage fut charmant, car tout le monde avait de l'esprit.

Mᵉ Lachaud, monté par la gamme de Mᵐᵉ Templier, fut éblouissant. Ce qui permit aux amoureux de se dire çà et là quelques mots. Au tribunal, Léonie fut placée parmi les curieuses : quelques Parisiennes des châteaux voisins. Le prince resta près de l'avocat ; il fallut que Mᵐᵉ Templier se contentât du banc des témoins.

Quand parut l'accusée ce fut une grande émotion.

Cette femme, qui avait quelque beauté, avait pris une figure souveraine par la pâleur et les larmes.

Le caractère s'était accentué, un rayon d'intelligence frappait le front et illuminait les yeux. Tout le monde fut pris en la voyant. Aussi Mᵉ Lachaud, qui connaît bien sa salle comme tous les orateurs, dit tout de suite au prince :

— La cause de cette femme est gagnée, sa figure la défendra mieux que moi.

— C'est égal, dit Trivulzio, je vous conseille de parler.

Le prince ne s'expliquait pas la sympathie qui lui venait au cœur. Ce fut mieux encore quand l'accusée parla. C'était la voix la plus douce en sa gravité. Elle fut simple, mais fière, à chaque mot elle prouva sa force d'âme.

— Pourquoi avez-vous commis un pareil crime? lui demanda le président.

— Parce qu'il y a des jours où la femme offensée devient la justice elle-même.

Et en quelques mots rapides elle conta tous ses malheurs sans lever la tête, mais sans la baisser :

Comment elle avait été séduite par cet homme. Comment elle avait caché son premier enfant quand le mariage était décidé. Comment il lui avait fallu subir un autre mariage pour complaire à sa famille. Comment Dieu, qui est toute justice, l'avait punie dans ses enfants. Comment, en revoyant cet homme qui l'outrageait, elle avait obéi à un sentiment de dignité qui l'avait poussée trop loin, mais que comprendront toutes les mères qui ont quelque part un enfant abandonné et irrétrouvable par la faute du père.

La cause fut bientôt entendue, puisque l'accusée disait tout.

Le prince ne perdait pas un mot. Il se sentait

meilleur qu'il ne le croyait, sans s'avouer qu'il était bien capable de surprendre Léonie comme le cousin avait surpris la cousine.

Mme Templier fut très-favorable à Caroline Darblé en sa déposition. Elle la représenta repentante et éplorée au moment de ses couches, plus désolée encore quand elle était revenue demander son enfant.

Mme Templier se sentait bien un peu coupable elle-même en cette affaire : elle n'aurait pas été déplacée à côté de l'accusée. Aussi fut-elle très-éloquente pour la sauver.

Le ministère public ne fut pas très-énergique, on sentait qu'il atténuait un discours préparé, mais qui frappait un peu à faux. Me Lachaud dit qu'il n'avait rien à dire puisque la cause était entendue et jugée.

Ce qui ne l'empêcha pas de parler pendant une heure parce que l'éloquence ne perd jamais ses droits. Tout le monde pleurait, les jurés cachaient leurs larmes, mais ne cachaient pas leur sentiment.

L'accusée fut donc déclarée non coupable, parce qu'elle était dans son droit de légitime défense.

'Quand le jugement fut rendu, Mme Templier se précipita vers Caroline Darblé, suivie de Léonie.

L'effusion fut des plus touchantes. Léonie embrassa aussi l'acquittée.

Ce que voyant, le prince se hasarda à lui serrer la main.

Caroline qui ne l'avait pas vu pendant les débats, quoiqu'il fût près de son avocat, pâlit et serra la main de ce jeune homme dont la figure ne lui semblait pas inconnue. Elle se rappela qu'elle avait perdu un frère mort à vingt ans qui était un peu le portrait du prince, et elle lui dit de l'air du monde le plus naturel :

— Est-ce que vous êtes de ma famille ?

Le prince répondit qu'il n'y avait qu'une famille, la famille des braves cœurs.

— D'ailleurs, dit l'ancienne sage-femme, elle retrouvera peut-être l'enfant perdu.

.   .   .   .

Le retour à Paris fut très-gai ; on reparla bien un peu de Caroline Darblé, mais on se consola en pensant qu'il n'était pas encore trop tard pour elle d'avoir des enfants.

V

QU'IL Y AURA TOUJOURS DES ENLÈVEMENTS

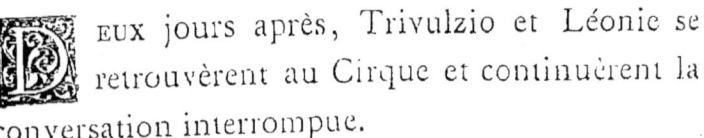 EUX jours après, Trivulzio et Léonie se retrouvèrent au Cirque et continuèrent la conversation interrompue.

— *Je vous aime, je vous aime, je vous aime,* dit encore le prince.

Car c'est toujours la même chanson.

Ces mots retentirent trois fois dans le cœur de la jeune fille comme trois points d'orgue. Elle fit un rapide examen de conscience ; elle jeta un regard sur sa vie passée et elle se demanda quelle serait sa vie future si elle restait avec sa marraine.

On sait combien l'abîme est [fascinateur : l'abîme s'appelle la poésie.

En comparant l'existence dorée, imprévue, vertigineuse qu'elle aurait avec le prince, à la vie bourgeoise, convenue, monotone, qu'elle passerait dans le milieu de Mme Templier, Léonie se laissa prendre au mirage...

Quand la femme traverse la tentation sans y succomber, elle est plus vertueuse encore. Qu'est-ce que la vertu qui n'a jamais été battue en brèche ? La femme du monde qui traverse la bataille de la vie sans avoir dégrafé cette armure idéale qui s'appelle la pudeur, a mieux mérité sa part de paradis parmi les plus pures que celles qui ont fui timidement les dangers en s'abritant dans un cloître.

On était dans l'entr'acte ; Mme Templier avait emmené une amie plus curieuse que la première. Cette dame, qui aimait à se montrer, demanda à aller voir les chevaux dans leurs stalles. Ce sont les coulisses du Cirque.

Mme Templier voulut bien accompagner son amie, mais en faisant signe à Léonie de la suivre.

Le prince suivit à distance, respectueusement, très-fâché de ne pas continuer une si belle conversation.

Mais il la reprit bientôt dans le tohu-bohu des spectateurs allant et venant du côté des chevaux.

— Je ne vois plus ma marraine, dit tout à coup Léonie.

— N'avez-vous pas peur de la perdre?

— Non; mais j'ai peut-être peur de me perdre.

Mme Templier s'était attardée avec une troisième amie, sans trop se préoccuper de Léonie.

— Votre marraine est par là, reprit Trivulzio, passant devant la porte du Nord.

— Mais non, elle n'est pas sortie.

— Je vous réponds que je l'ai vue passer par cette porte.

Et le prince entraîna Léonie.

Cette jeune affolée, qui avait dans la tête cent heures d'amour, ne pouvait plus ressaisir sa volonté.

C'était une vague obéissant au flux, un nuage obéissant aux vents. Sa vertu avait déjà du plomb dans l'aile; elle ouvrait les yeux pour voir le précipice, mais elle ne voyait que l'arc-en-ciel.

Dès que le prince fut dehors, son valet de pied lui dit que la voiture de monseigneur était en face.

Léonie voulut dégager sa main et rentrer au Cirque. Trivulzio lui fit violence pour l'entraîner.

Et il l'entraîna, quoique l'effroi eût frappé ce jeune cœur qui allait perdre les droits du cœur.

Elle résista encore avant de monter dans le coupé, mais il la prit comme une plume et la jeta au fond.

On sait déjà que l'éducation n'avait pas vaincu en lui la brutalité primitive.

Toutefois, il fut quelque peu effrayé lui-même, quand il vit Léonie tout en larmes.

— Jamais, jamais, dit-elle en sanglotant. Mais les chevaux allaient au grand trot.

— Cette fois Léonie avait vu la lumière; elle comprenait vaguement que toutes les joies dé-fendues ne lui rendraient pas ce qu'elle perdait : la fierté de la femme, la dignité de l'esprit, la force de l'âme.

Elle pensa à Madeleine, elle eut encore plus de sanglots; elle pensa à sa marraine, cette femme qu'elle aimait comme une mère, cette femme qui l'aimait comme sa fille, cette femme qui était la bonté dans la douceur, la gaieté dans le sacri-fice.

— Prince, je vous en supplie, rendez-moi à moi-même.

Mais le prince s'était jeté à ses pieds et lui baisait les mains avec adoration.

— C'est à la vie à la mort, s'écria-t-il.

— Eh bien, tuez-moi.

. . . .

VI

UNE HEURE DE JOIE, UNE ANNÉE DE LARMES

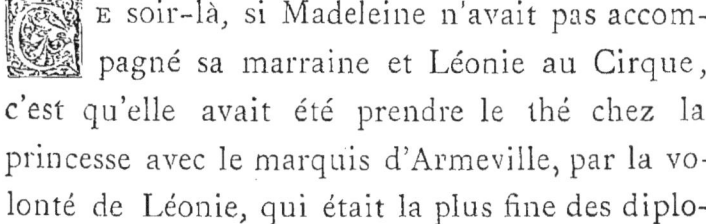 E soir-là, si Madeleine n'avait pas accom-
pagné sa marraine et Léonie au Cirque,
c'est qu'elle avait été prendre le thé chez la
princesse avec le marquis d'Armeville, par la volonté de Léonie, qui était la plus fine des diplo-
mates.

Une turbulente comme la princesse vivait à
plein cœur, comme elle le disait. Elle était affa-
mée de tout, elle se hasardait çà et là dans le
monde, où d'ailleurs elle était fort discrètement
invitée, mais elle paraissait presque tous les soirs
à l'Opéra, aux Italiens, à la Comédie-Française
ou aux autres théâtres.

Après le spectacle, on allait souper le plus sou-

vent chez le duc, mais quelquefois au café Anglais ou ailleurs. Le jour, quel que fût le temps,
la princesse apparaissait au Bois. On la voyait
aussi aux expositions, dans les boutiques à la
mode, au concert ou au sermon. Tout l'amusait,
pourvu qu'elle ne fît que passer.

M. de Marigny tenait table ouverte. Non pas
que les amis y fussent nombreux, mais il y avait
toujours trois ou quatre convives. La princesse,
comme la plupart des étrangères, se payait les artistes et les gens de lettres. Elle disait dans son
langage pittoresque que c'était ouvrir des fenêtres en pleine lumière, quoique beaucoup de gens
de lettres et d'artistes soient des taciturnes à table.

Joinville, qui changeait de camaraderie, avait
amené des peintres et des sculpteurs patentés, je
veux dire médaillés, que dis-je : décorés.

Ce fut donc bientôt autour de la princesse une
société diplomatique, mondaine et littéraire. Le
coin des femmes n'était pas peuplé. On y admi-
rait Mathilde et Madeleine ; une belle-sœur de
Renozzi, princesse napolitaine égarée à Paris ;
une comtesse russe en rupture de ban conjugal,
mais reçue dans le monde officiel ; deux marquises
parisiennes de bonne maison, sinon de bonnes
mœurs, c'était tout.

Madeleine trouvait que c'était trop ; elle aurait bien voulu autour de son amie quelques braves cœurs de femmes, quelques bonnes créatures, un peu plus mères de famille que ne l'étaient ces dames. Mais enfin, comme elle venait là surtout pour le duc de Marigny et le marquis d'Armeville, comme elle ne pouvait pas poser pour les duchesses, elle se résignait de bon cœur à jouer la cantatrice de l'avenir ; d'autant plus que ses admirateurs lui prédisaient des triomphes inouïs. C'est que s'ils ne croyaient pas à sa voix, ils croyaient à sa figure.

Pourquoi ne pas le dire tout haut ? Madeleine n'était si assidue chez la princesse que parce que Joinville y venait dîner une fois par semaine.

Comment se faisait-il que les jours où elle y dînait ce n'était point le jour de Joinville ?

— Toujours la malice des choses, disait-elle.

Mais enfin elle voyait Joinville le soir et lui parlait de sa peinture. Il lui parlait de sa beauté. Elle lui répondait par la beauté de la princesse, Joinville n'osait hasarder un mot d'amour tant il l'aimait. Et leur causerie n'était jamais bien longue dans ce salon lumineux et remuant où l'intimité était impossible. Joinville attendait l'occasion.

Il avait ses coudées franches avec la princesse, qui avait brisé la glace du premier coup. Il s'amusait souvent à faire des déclarations d'amour à sa beauté — comme peintre, disait-il. — Mais tout en lui parlant avec admiration, il regardait Madeleine en ayant l'air de dire : — C'est à vous que je parle.

Madeleine croyait comprendre. Mais ces déclarations, qui passent par une autre, sont bien refroidies quand elles vous arrivent au cœur.

Toutefois Madeleine se trouvait heureuse ainsi, au point que revenue chez Mme Templier, elle n'aspirait qu'à retourner chez la princesse, sous prétexte de chanter.

C'était son cœur qui chantait.

Mais voilà qu'un soir, la princesse prenant bien pour elle les déclarations enthousiastes de Joinville, lui répondit à peu près sur le même ton que lui eût répondu Madeleine. Ainsi elle lui parla de ses yeux et de ses dents. On sait que Joinville avait les plus beaux yeux et les plus belles dents. Les yeux mordaient comme les dents, quoiqu'ils fussent bleus : ils jetaient des éclairs qui allaient au fond des cœurs.

Madeleine, qui était au piano et qui faisait semblant d'étudier, entendit ce joli duo :

Joinville : — Il n'y a que vous, princesse, pour avoir tous les rayonnements de la beauté.

La princesse : — Allons donc, je suis une fausse laide ou une fausse belle.

Joinville : — Vous êtes une vraie belle, j'espère bien le prouver par mon portrait.

La princesse : — Qu'est-ce que vous me trouvez de beau ?

La princesse s'était rapprochée de Joinville.

Joinville : — Tout ! un profil idéal, un ovale adorable.

La princesse, riant : — Un trois quarts irrésistible ; je connais ça. Vous autres peintres, vous n'êtes que des flatteurs ; vous savez très-bien qu'on ne vous paye vos portraits que s'ils sont plus beaux que nature.

Joinville : — Vous vous trompez, princesse, mon désespoir c'est de ne pouvoir rendre toutes les charmeries de votre figure. Il n'y a pas de pinceau qui puisse donner l'idée de l'éclat de votre regard et de la magie de votre sourire. Quand je vous regarde, le vertige me prend : j'ai peur.

Joinville s'était rapproché de la princesse.

La princesse : — Peur de quoi ?

Joinville : — Peur de vous aimer !

La princesse : — Vous n'êtes pas brave, je suis donc un abîme ?

Joinville : — Oui. Il y a un conte arabe qui dit : Le bonheur est là, prends garde, une heure de joie se paye par une année de larmes.

La princesse : — Alors vous, Joinville, vous ne voudriez pas payer une heure de joie ?

Joinville : — Une heure de joie avec vous, je la payerais par toute ma vie.

Joinville avait jeté ces mots dans un regard comme dans une flamme.

Quoiqu'il eût parlé moins haut, Madeleine avait entendu. Elle pâlit, un son funèbre s'éleva du piano, comme un cri de son cœur.

Cette fois, Joinville n'avait plus regardé Madeleine en parlant à la princesse.

Il ne lui parla pas de toute la soirée ; aussi s'en retourna-t-elle vers minuit avec la mort dans l'âme.

Elle répétait sans cesse : — Une heure de joie !

A la porte de sa marraine, elle murmura :

— Une heure de joie, ce sera pour eux ; une année de larmes, ce sera pour moi !

Elle ne savait pas encore tout. La pauvre abandonnée gardait un rayon d'espérance au souvenir de Trivulzio. Ne lui avait-il pas dit : « Je vous aime ! » Elle trouvait plus doux de songer à Joinville — un premier rêve — mais le prince avait aussi touché son cœur. Quand une femme n'a pas traversé la passion elle ne connaît pas bien l'amour.

Or, quand Madeleine rentra chez Mme Templier, elle comprit que tout était fini pour son cœur.

VII

LE SIRE DE JOINVILLE

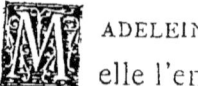ADELEINE vit sa marraine tout en larmes; elle l'embrassa en la questionnant des yeux.

— Ah! ma chère Madeleine, je n'ai plus que toi au monde.

— Je ne comprends pas.

— Léonie a disparu.

— Disparue!

Madeleine était atterrée. Elle aimait Léonie pour elle-même, mais aussi pour Léonie.

Elle vit tout de suite la profondeur de l'abîme.

— Disparue! dit-elle encore.

— Oui! un prince étranger nous avait été présenté chez la vicomtesse *** ; il lui a tourné la tête et il l'a enlevée.

Madeleine, silencieuse et désolée, interrogeait sa marraine du regard.

— Je suis folle, dit Mme Templier, je viens de courir chez la vicomtesse pour savoir un peu ce que c'est que ce prince. Elle a été trompée comme moi ; il se donnait pour le prince de Villafranca, il paraît que c'est un prince Trivulzio qui est à Paris incognito sans doute pour faire de telles équipées.

— Le prince Trivulzio ! dit Madeleine.

— Tu le connais donc ?

— Vous avez donc oublié que c'est le fils du duc de Marigny ?

Un éclair traversa le front de Mme Templier.

— En effet, quand la vicomtesse a prononcé ce nom, j'ai eu quelques vagues souvenirs.

— Il était parti pour un si long voyage !

— Il était revenu, je te l'ai dit, sous le nom de prince de Villafranca. Et d'ailleurs ces preneurs de filles se moquent de tout.

— Il faut bien qu'il se moque de tout, puisqu'il savait que vous étiez ma marraine.

— Non, nous nous étions rencontrés avenue de la Reine-Hortense, où tu étais venue une fois. C'est bien ta faute, car si tu étais revenue, tu aurais mieux veillé que moi sur Léonie.

— Alors, c'est avec lui que vous avez été à Orléans ?

Mme Templier leva les bras au ciel.

— Ah ! mon Dieu ! dit-elle avec désespoir, en voilà bien d'une autre !

— Je ne comprends pas.

— Tu ne comprends pas que si ce Villafranca n'est autre que Trivulzio...

Mais l'ancienne sage-femme s'arrêta tout à coup; elle n'avait jamais dit son secret à Madeleine ; un peu plus, il lui échappait.

Elle se promena à grands pas se parlant à elle-même.

— C'est à devenir folle. Quoi ! c'est le fils de Caroline Darblé que j'ai mené à Orléans pour voir sa mère accusée de meurtre ! Quoi ! c'est là ce Trivulzio, enfant perdu chez moi, qui est devenu prince parce que je l'ai porté une nuit pour être substitué à cette pauvre Madeleine qui est là tout éplorée ! Ah ! mon Dieu ! mon Dieu ! qu'ai-je fait ?

Mme Templier exprimait le plus profond désespoir, mais cette fois elle ne pensait plus à Léonie.

Madeleine se demandait elle-même si elle devenait folle.

Depuis la vision des trois suaires, que d'émotions avaient traversé son cœur. Il y avait autour d'elle je ne sais quoi de mystérieux qui annonçait les choses les plus tragiques. Si ce n'était qu'un rêve, cette autre vision de la duchesse de Marigny au château d'Arvers, n'était-ce pas encore un pressentiment terrible ?

Elle avait amusé son cœur et son esprit par deux pages amoureuses ; maintenant, ces deux pages, il fallait les encadrer de noir. Elle avait deux amies, Mathilde et Léonie : ses deux amies lui prenaient ses deux rêves les plus chers. Que lui restait-il ?

Retrouverait-elle Léonie et la reverrait-elle ? Reverrait-elle Mathilde elle-même ?

Elle embrassa Mme Templier avec une filiale effusion.

— Mais dites-moi comment ce malheur nous frappe toutes les deux ?

— Est-ce que je sais ? Depuis trois ou quatre jours nous avions vu partout ce prince de malheur ; j'aurais dû te parler de lui, mais Léonie, je ne sais pourquoi, m'a dit : « Pas un mot à Madeleine, qui vit au milieu des princes et qui se moquerait de moi. » Aussi, ce soir, elle n'a eu garde de te parler du cirque. Moi, toujours bonne et toujours bête, je ne trahissais pas plus ses secrets que je ne trahis les tiens.

Mme Templier conta comment le prince, après quelques rencontres, s'était retrouvé au cirque avec elle et Léonie ce soir-là, et comment, après un demi-tour pendant l'entr'acte du côté des chevaux, le prince et Léonie avaient disparu.

Elle était rentrée chez elle sans trop d'inquiétudes, ne pouvant pas prévoir un tel dénoûment, mais à peine chez elle, il n'y eut plus de doute possible, parce que cette malheureuse enfant venait de lui écrire un billet où elle avouait tout.

Mme Templier passa à Madeleine le billet en question.

Le voici mot pour mot :

« Ma chère marraine,

« C'était écrit là-haut ! nul n'échappe à sa des-
« tinée. Vous êtes trop tendre et trop bonne pour
« n'avoir pas aimé. Voilà pourquoi vous me par-
« donnerez. Ne me condamnez pas encore, car je
« sauvegarderai ma dignité de jeune fille ; je pars
« avec le prince, mais je deviendrai sa femme
« avant d'être sa maîtresse. Je vous écris de la
« gare du Nord. Demain nous serons en Angle-

« terre, où le prince me présentera comme sa
« femme. Je vous jure que je reviendrai à Paris
« princesse de Villafranca.

« Je vous embrasse et je me jette aux pieds du
« capitaine.

« LÉONIE. »

— Oui, dit Madeleine tristement, elle reviendra
à Paris princesse de Villafranca , mais pas du
tout princesse Trivulzio.

— Elle est folle.

Madeleine baissa la voix pour demander à
Mme Templier ce que disait le capitaine.

— Le capitaine est hors de lui ; il a pris une
voiture pour courir au chemin de fer du Nord,
mais les oiseaux se seront envolés.

Et après un soupir :

— Vois-tu d'ici Léonie se donnant en spectacle
aux courses d'Epsom ? Elle se figure déjà qu'elle
sera présentée dans le monde des ladies.

Madeleine était tombée sur un fauteuil.

— Pauvre Léonie ! dit-elle.

Et elle fondit en larmes.

C'est que Léonie était pour elle, on le sait déjà,
une vraie sœur ; elle pleurait sur toute cette jeu-

nesse et toute cette beauté qui tombaient dans le gouffre.

— Voilà ce que c'est, dit Mme Templier, j'aurai passé près de vingt ans de ma vie à lui donner ce que j'avais de meilleur en moi et chez moi, comme à toi, ma chère Madeleine. Je lui ai appris à connaître Dieu, je l'ai sauvegardée de tout ce qui peut perdre une jeune fille, j'ai remplacé la mère absente, avec plus de tendresse peut-être, car si je sentais bien que j'avais le droit de lui être bonne, je sentais bien aussi que je n'avais pas le droit de lui être méchante. Vingt années de dévouement et de sacrifices pour arriver à la voir s'enfuir, la cruelle ! avec un homme qui la trompe même avant de l'aimer. Un homme qui ne l'aimera peut-être pas. Un homme qui la jettera derrière lui toute pâle de honte. Oh ! mon Dieu ! mon Dieu ! que je suis malheureuse !

Madeleine embrassa encore Mme Templier.

— Ma marraine, lui dit-elle doucement, je vous consolerai.

— Toi ! dit la pauvre femme, un jour on t'arrachera de mes bras et je ne te reverrai plus.

— Jamais ! reprit Madeleine du plus profond de son cœur.

— Ah ! tu ne sais pas que la vie a ses fatalités.

M. Templier rentra comme le tonnerre.

— Mille pipes cassées ! le train venait de partir ! Je tuerai cet homme comme un sauvage.

— Oui, mais il sera trop tard, lui dit sa femme en l'embrassant pour l'adoucir. Ma pauvre fille !

— Ne lui donne plus ce nom-là, c'est une courtisane.

LIVRE III

LES DUELS

I

LES TROIS DUCHESSES

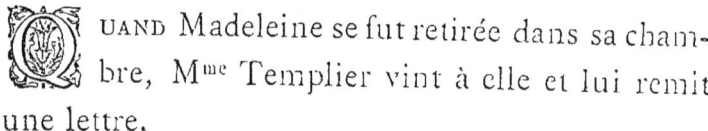UAND Madeleine se fut retirée dans sa chambre, Mme Templier vint à elle et lui remit une lettre.

— Tiens, lui dit-elle, c'est sans doute pour ce concert de l'avenue de l'Impératrice, car je crois reconnaître l'écriture.

Madeleine jeta la lettre sur sa table d'un air distrait.

C'est qu'elle ne voulait pas répondre.

Quand on vous présente une lettre, vous sentez tout de suite qu'elle va parler à votre cœur, à votre orgueil, à votre haine ou à votre dédain. La jeune fille ne douta pas que cette lettre ne dût parler à son cœur, voilà pourquoi elle attendit pour la lire que sa marraine ne fût plus là.

Elle ne s'était pas trompée. Voici cette lettre :

« Mademoiselle, la vie est une comédie où nul
« ne joue son rôle au naturel, parce que chacun
« de nous a un rôle forcé. Ne jugez donc jamais
« sur les apparences. La civilisation a tué la na-
« ture, c'est le malheur du siècle. Ceux qui ont
« compris l'art et le beau pour l'amour voudraient
« vivre selon leur cœur. Mais où pourrait-on
« vivre ainsi? Indiquez-moi la forêt ou la mon-
« tagne, j'irai y mettre à vos pieds mon orgueil et
« ma foi.

« Le sire DE JOINVILLE. »

Joinville avait signé ainsi pour que la lettre pût être prise comme une plaisanterie si elle tombait en d'autres mains qu'en celles de Madeleine.

Madeleine comprit tout de suite le mot de l'énigme. Elle se dit :

— Il voudrait me prouver qu'il se croit obligé de faire le beau avec Mathilde. Mais qu'il joue s'il veut son double jeu, je ne m'y laisserai pas prendre.

Madeleine se jura d'oublier et de ne plus vivre que pour l'art.

Elle commençait à chanter au cachet dans les meilleurs salons. La duchesse de Grammont l'avait recommandée à ses amies, parce qu'elle était charmante, parce qu'elle chantait bien, et parce qu'elle ne voulait pas être payée quand on donnait une fête pour les pauvres. Mais quand c'était une fête pour les riches, la jeune fille ne faisait pas de façons pour accepter dix ou vingt louis.

Elle rencontrait dans ces pérégrinations artistiques les femmes du théâtre qui lui donnaient l'accolade de tout leur cœur et la baptisaient du nom d'artiste, parce que son âme dominait sa méthode. Sarah Bernhardt était son idéal ; aussi, par contre-coup, la célèbre comédienne l'aimait-elle comme une sœur, sinon comme sa sœur.

Madeleine s'était promis de ne plus retourner chez la princesse ; mais dès le lendemain, le marquis d'Armeville l'y entraînait bien aisément. On obéit toujours à son cœur. Elle espérait revoir Joinville — pour le revoir — et pour mieux deviner les énigmes de sa lettre.

Ce jour-là, la princesse, qui enviait bien un peu

Madeleine d'aller dans l'impénétrable faubourg Saint-Germain, lui parla des fêtes inaccessibles données par les vraies duchesses.

— Oh! mon Dieu, lui dit Madeleine pour la consoler, ce n'est pas là qu'on s'amuse.

— Je sais bien, mais on voudrait avoir le droit d'y aller, sauf à n'y jamais mettre les pieds.

— On entre partout par la charité, surtout quand on est princesse.

— Oh! j'ai les mains grandes ouvertes pour les pauvres, mais je ne suis que princesse étrangère. A propos des titres, vois-tu, c'est dans son pays qu'on est prophète. Et puis, je ne me dissimule pas qu'on a trop parlé de moi l'été passé.

— Tout s'oublie, ma chère Mathilde. Sais-tu ce que c'est que la vie? un jeu de patience!

— Oui, mais moi, je brise le jeu avant de jouer.

— Comme les enfants terribles. Veux-tu que je parle de toi aux trois duchesses?

— Qu'est-ce que les trois duchesses?

Madeleine se tut et se rappela que Mme Templier avait souvent laissé échapper devant elle ces mots : « mes trois duchesses, » sans lui vouloir donner d'explications, lui disant que c'était un conte qu'elle lui conterait un jour.

— Voyons, reprit Mathilde, qu'est-ce que les trois duchesses?

— Eh bien, ma chère Mathilde, ceci n'est pas un conte.

— Dis-moi cette histoire?

— Il y a à Paris trois duchesses : la duchesse de Grammont, la duchesse de Chevreuse et la duchesse de Fitz-James, trois saintes femmes de l'ordre profane, qui ont si bien le don de la charité, qu'elles donnent aux pauvres chacune un demi-million par an. Il n'y a pas de main plus délicate pour prendre à ceux qui ont ou pour donner à ceux qui n'ont rien. Si vous êtes charitable, c'est une bénédiction de les rencontrer; si vous êtes avare, cachez-vous bien vite. Elles ne dorment pas, parce que les pauvres ont faim, parce que les pauvres ont froid. Combien de fois, à minuit, l'une de ces trois duchesses n'a-t-elle pas fait arrêter son coupé devant une de ces belles demeures de Paris, que les fêtes illuminent *a giorno?* La duchesse descendait de son coupé et montait vaillamment. « Tenez, disait-elle au premier domestique venu, vous direz à votre maître que puisqu'on s'amuse chez lui, je lui offre vingt-cinq billets pour une bonne œuvre. » Et elle donnait sa carte avec les billets.

— C'est admirable ! dit Mathilde.

— Comment ne pas payer, le lendemain d'une fête, de pareils billets à ordre, où un grand nom a marqué sa griffe? Voilà la véritable assistance publique. Celle-là ne donne pas le bien des pauvres — aux pauvres administrateurs. — Eh bien, si tu veux, je parlerai de toi à une des trois duchesses pour qu'elle fasse de toi une sœur de charité.

— Oh! mon Dieu, s'écria Mathilde, je serais bien capable de déchirer mon manteau comme saint Martin, pour en donner la moitié à un pauvre et l'autre moitié à un second pauvre, mais je prévois qu'il me faudra aller souvent dans les églises.

— Je ne suis pas comme toi, j'aime l'église comme ma maison natale.

— Que veux-tu, je suis une païenne qui n'a ni foi ni loi.

— L'église est belle même pour ceux qui ne croient pas. N'est-elle pas le spectacle de tous les arts, architecture, sculpture, peinture? Et quelle musique, sans parler de l'éloquence de la chaire, de la poésie de l'évangile, de la lumière des vitraux, de toutes les merveilles que les chrétiens ont réunies dans ce palais de Dieu !

— Tu es une enthousiaste, Madeleine, tant mieux pour toi. C'est égal, quoiqu'on m'ait surnommée la fille du Diable, je veux bien rentrer en grâce par la porte de la charité.

Madeleine sourit.

— Tu me promets de ne pas t'amuser avec Faust devant le bénitier ou pendant le sermon.

Madeleine conta cette conversation au duc de Marigny; quoiqu'il lui parût difficile que le faubourg Saint-Germain donnât droit de cité à la princesse, il chargea ce profond diplomate, qui s'appelait le marquis d'Armeville, de négocier cette affaire délicate. La charité est indulgente; on ouvrit çà et là la porte à la princesse, mais non pas la porte à deux battants. Elle fut un peu du monde, mais dans les grandes réunions: on ne lui accorda pas l'intimité. C'est déjà beaucoup, aussi ne masquait-elle pas sa joie à Madeleine quand les journaux imprimaient son nom parmi les grands noms de France et de Navarre.

On chuchotait bien un peu en rappelant l'aventure de Dieppe, mais heureusement pour elle, elle avait eu pour partenaire un Anglais. Si l'affaire se fût passée avec un Français, il n'y aurait pas eu de rémission, et d'ailleurs nul ne la savait bien. hormis la princesse, lord d'Harfox, Madeleine, le duc de Marigny, le marquis d'Armeville et un confident de d'Harfox, parce que l'homme le plus discret a toujours un confident. Que les femmes les moins discrètes n'oublient pas cela.

Le moins bien informé c'était le mari. Il croyait bien que sa femme n'était pas allée filer de la laine en Normandie ; on lui avait plus d'une fois parlé de lord d'Harfox, mais, comme il le disait, il était trop léger pour approfondir l'abîme du doute.

II

COMMENT JOINVILLE PRIT UNE SÉANCE
NOCTURNE

EPENDANT Madeleine s'apercevait que Joinville faisait longtemps poser la princesse ou
qu'il posait bien longtemps pour elle. Blessée au
cœur, la jeune fille n'allait presque plus chez Mathilde, où d'ailleurs elle ne rencontrait presque
jamais Joinville.

— Tant mieux ! disait-elle.

C'est qu'elle avait peur de le revoir en adoration devant la princesse.

— Tant pis ! disait-elle aussi.

C'est qu'elle éprouvait un charme fatal en le
rencontrant.

Elle avait eu beau questionner Mathilde sur son

portrait, — un prétexte pour causer de Joinville,
— elle n'avait pu découvrir si la scène d'adoration
n'avait été que le premier chapitre d'un roman.
La princesse, qui était très-parleuse, se montrait
là-dessus du plus beau mutisme. Naturellement
Madeleine n'osait pas souligner sa curiosité.

M. Templier, qui avait beaucoup voyagé dans
sa jeunesse, avait promis à sa femme de lui faire
faire le voyage de Venise.

Venise, un paradis perdu pour toutes les Parisiennes ; Venise, la seule ville bâtie entre deux
ciels !

Quand M. Templier dit à sa femme qu'il fallait
boucler ses malles, il laissa tomber quelques
larmes.

— Hélas ! dit-il, c'était bien un peu pour Léonie que je voulais faire ce voyage, car il y a là-
bas de fières peintures.

— Oui, oui, dit Mᵐᵉ Templier, qui avait toujours le mot pour rire, même dans son chagrin,
nous voulions lui faire voir des couleurs, mais
c'est elle qui nous en a fait voir.

— Enfin ! il y a une destinée, reprit M. Templier. Heureusement que Madeleine nous reste
et nous restera.

Il appela la jeune fille.

— J'espère bien que tu ne vas pas faire de façons pour venir à Venise ?

Peut-être Madeleine eût-elle fait des façons quelque temps auparavant, mais elle s'écria tout de suite :

— Aller à Venise ! Je pars dans une heure, si vous voulez.

— Eh bien, dispose une robe de voyage, mets-en une autre dans un sac de nuit avec quatre chemises, quatre paires de bas, un chapeau et des bottines ; un vrai sac de soldat. Ne voyageons pas comme les escargots qui emportent leur maison avec eux.

On décida qu'on partirait le dimanche suivant. On était au vendredi. Madeleine se promit d'aller faire ses adieux le lendemain à Mathilde, au duc de Marigny et à M. d'Armeville. Elle ne désespérait pas de faire ses adieux à Joinville et de lui parler de l'Italie. Qui sait s'il ne penserait pas lui-même à aller à Venise !

Mais le lendemain, quand Madeleine arriva à l'hôtel de la rue Saint-Dominique, on lui dit que le duc et le marquis étaient partis pour la chasse. Mlle Maria, qu'elle trouva sur le perron, lui conseilla de ne pas voir ce soir-là la princesse qui était « en affaires. » Madeleine trouva singulier que la princesse fût « en affaires » à neuf heures du soir.

— C'est égal, je lui dirai un mot.

Mlle Maria lui montra solennellement la porte d'entrée.

— Allez, mademoiselle, seulement j'ai bien peur que madame ne vous fasse attendre.

Madeleine, toujours fière et digne, n'avait pas voulu interroger la femme de chambre.

— En affaires! répétait-elle en entrant dans le salon, qu'est-ce que cela veut dire ?

Elle fut quelque peu surprise de ne pas voir de lumière dans le salon. Il est vrai que les deux portes-fenêtres qui donnaient sur le jardin étaient ouvertes toutes grandes. La jeune fille jugea que son amie était au jardin.

L'hôtel du duc de Marigny, — peut-être le boulevard Saint-Germain vient-il de l'abattre, — était encore un de ces anciens hôtels entre cour et jardin qui, abrités par leurs arbres centenaires, prenaient des airs de châteaux. Dans ces jardins on s'y réunissait le soir, quelquefois on y dînait. C'était la grande vie, puisque la nature était de la fête. Aujourd'hui on bâtit de beaux hôtels, où fourmillent les détails, où l'architecture ménage des surprises, où le luxe s'épanouit en mille caprices ; mais où est le jardin ? Il n'y a pas de richesse architecturale ou décorative qui vaille celle-là.

Cependant Madeleine était passée dans le jardin du duc de Marigny à la recherche de Mathilde.

Comme c'était une rêveuse et une distraite, elle s'égara dans ce petit parc à l'anglaise, en proie à mille pensées : le voyage d'Italie, les merveilles de Venise, le théâtre de la Fénice où elle chanterait peut-être, le regret de quitter Paris où elle laissait son amie Mathilde et son ami Joinville...

Comme elle passait près d'une petite porte s'ouvrant sur la rue de Grenelle, elle entendit du bruit dans la serrure. Elle tressaillit et recula d'un pas.

Et comme la clef avait tourné, elle recula encore, jusqu'à ce qu'elle fût masquée par un bosquet de lilas dominé par une magnifique épine rose.

La porte venait de s'ouvrir. Qui donc entrait à pareille heure chez la princesse ?

— Après tout, dit Madeleine, pourquoi ne serait-ce pas le prince ?

Elle s'attendait donc à voir passer del Renozzi. Mais point.

Celui qui passa, ce fut Joinville.

Madeleine n'en pouvait croire ses yeux. Cette fois, c'en était donc fait de tous ses rêves.

— Oh! mon Dieu! dit-elle en portant la main à son cœur, suis-je assez malheureuse!

Joinville referma la porte, interrogea du regard le jardin, regarda aux fenêtres et marcha d'un pas distrait vers le perron, sans regarder derrière lui.

Madeleine demeurait cachée sous les lilas.

— Oh! Mathilde! disait-elle. Et je jurais au duc que tu étais remontée victorieuse de l'abîme.

Madeleine penchait la tête toute désespérée. Il lui semblait qu'elle perdait tout à la fois l'amour et l'amitié. En effet, elle ne voudrait jamais revoir ni Joinville ni Mathilde.

Mais comme il y a toujours je ne sais quelle lueur consolatrice dans le ciel le plus sombre, Madeleine pensa qu'après tout Joinville ne venait peut-être pas pour une aventure galante.

Aussi, quoique sa dignité chevaleresque lui conseillât de s'en aller à l'instant même de cette maison pour ne plus revenir, elle ne put s'empêcher d'ouvrir les yeux sur ce spectacle inattendu.

La nuit était sombre, pas une étoile au ciel, de noirs nuages lentement chassés par les secousses du vent; un vague frémissement des jeunes feuilles, voilà le décor. Il n'y avait encore qu'un

personnage en scène : Joinville. Madeleine le vit
errer pendant quelques secondes autour d'un petit
kiosque chinois où elle avait plus d'une fois sur /
pris Mathilde, un roman à la main. Elle comprit
que là était le rendez-vous. En effet, Joinville ne
devait pas venir à dix heures du soir pour y faire
des sonnets à la lune, d'autant plus qu'il n'y avait
pas de lune.

Que pouvait se dire Joinville ? Madeleine eût
bien donné une année de sa vie pour entendre son
monologue, mais ce fut un sifflement qu'elle entendit, un sifflement de merle : *oui ou ou o ou o
ou !* Et ce n'était pas un merle qui sifflait, c'était
Joinville, ou plutôt c'était un beau merle.

Il paraît que la chanson était connue à l'hôtel,
car Madeleine vit à l'instant même Mathilde ap-
paraître à la fenêtre du premier étage, la fenêtre
de sa chambre à coucher. Alors Joinville entra
dans le kiosque en commençant sa chanson, mais
à mi-voix, comme si c'eût été l'écho du premier
sifflement.

Mathilde, de son coté, ne s'éternisa pas à sa fenêtre. Madeleine la vit bientôt reparaître au perron du jardin.

Mlle Maria ne lui avait donc pas dit que Madeleine fût là ? Si.

Mathilde avait demandé que la jeune fille montât dans sa chambre, mais la femme de chambre, ne la trouvant pas au salon, pensa que, dans la crainte d'être venue trop tard, elle s'en était allée aussitôt, ce qui n'avait pas déplu à Mathilde. On va voir pourquoi.

La princesse descendit rapidement le perron et s'avança vers le kiosque, comme une femme qui est attendue et qui attend elle-même.

— C'est à n'en pas douter, dit Madeleine. Mais me voilà prise moi-même. Comment sortir du jardin sans être vue?

Elle se résigna à demeurer, d'autant mieux que sa curiosité la trouvait là. Elle était comme ces spectateurs qui s'indignent du spectacle, mais qui ne veulent s'en aller qu'au dénoûment. Elle jugea même qu'elle n'avait pas une assez bonne stalle. Elle se rapprocha de la scène, ce qui lui était bien aisé, puisque les bosquets la masquaient jusqu'au kiosque. Quand elle en fut à dix pas, elle se fit statue, retenant son souffle, comprimant sous sa main les battements de son cœur.

III

LA COMÉDIE DE L'AMOUR

CE n'était pas pour rien que son cœur battait. Elle assistait pour la première fois à l'éternelle comédie de l'amour, que dis-je, de la passion.

A peine entrée dans le kiosque, la princesse s'était jetée dans les bras de Joinville en lui disant :

— Oh! comme je t'attendais ! Je m'imaginais que tu n'oserais pas venir.

— Ne suis-je pas venu hier ?

— Oui, mais hier, un peu plus, tu étais pris.

— Je n'ai peur de rien si tu m'aimes.

— Si je t'aime ! dit la princesse, embrassant encore Joinville ; vois-tu, jusqu'ici je croyais savoir l'amour, mais je ne savais rien.

La princesse avait des éclairs d'enthousiasme et de poésie :

— Je commence à comprendre ; l'amour est une chose toute divine, c'est une joie du ciel, il faut voler cela à Dieu. Voilà pourquoi l'amour permis n'est rien.

— C'est épouvantable ! murmura Madeleine. Oh ! Mathilde ! Mathilde ! Mathilde ! quel sacrilége !

Mathilde s'était assise à côté de Joinville, les mains dans ses mains. Il semblait à Madeleine que la force de la passion donnait à la princesse je ne sais quelle lumière nocturne.

— Tes beaux yeux ! dit Mathilde à Joinville, il me semble que si tu m'aimais comme je t'aime, je les verrais mieux.

Des flammes s'échappèrent des yeux de Joinville comme de Mathilde.

— Oh ! comme ils s'aiment ! pensa Madeleine.

— Dis-moi, Joinville, reprit Mathilde, est-ce que tu as jamais aimé ?

— Non, jamais !

— Est-ce bien vrai, ce mensonge-là ?

— Oh! mon Dieu, pour être sincère, je te dirai...

— Tu me diras...

Joinville avait penché la tête comme pour se ressouvenir, mais son souvenir n'était pas loin.

— Eh bien, pourquoi ce silence ?

— Je compare, dit Joinville.

Madeleine était tout oreille et tout yeux.

— Jusqu'ici, dit Joinville, j'ai vécu avec des femmes trop légères pour avoir le temps d'aimer. Je courais d'aventure en aventure. Pourtant j'avais vu la terre promise, mais de trop loin.

— Qu'est-ce que cela veut dire ?

— Cela veut dire que j'ai rencontré l'an passé une adorable créature qui m'a fait croire à l'amour pour tout de bon.

— Et cette adorable créature...

— Oh, ç'a été comme une vision. Mais elle était si belle, que cette rencontre m'a donné un coup au cœur. Ce jour-là j'ai compris !

Madeleine ne pouvait pas être consolée; et pourtant ce dernier mot tombait sur son cœur foudroyé, comme la rosée après un coup de soleil.

— Et cette beauté était plus belle que moi? dit la princesse en relevant la tête.

— Oh! non. Toi, tu as la beauté altière et souveraine, tandis qu'elle n'avait que la beauté poétique. C'était une femme à aimer de loin, tant elle semblait promise au Ciel.

— Voilà du triple galimatias, mon ami. Quoiqu'elle fût promise au Ciel, si vous aviez pu la prendre dans vos bras, je ne doute pas qu'elle n'y fût tombée.

— Eh bien, non, je ne le crois pas.

La princesse se détacha de son amoureux.

— Alors, monsieur, vous croyez que moi je suis la première venue, parmi celles-là qui se donnent selon leur cœur. Il n'y a que les femmes qui n'aiment pas, qui ne se donnent pas.

Joinville comprit qu'il avait dit une bêtise.

— Vous ne voulez pas comprendre, princesse ; les femmes qui vivent selon leur cœur sont les plus franches et les plus loyales. Comme elles ne relèvent que de Dieu et d'elles-mêmes, elles sont maîtresses de leurs actions, sauf à dire avec Madeleine : « Oh! mon Dieu, pardonne-moi, parce que j'ai beaucoup aimé. » Mais, comme la jeune fille ne m'aimait pas, il était bien naturel que je passasse devant elle sans rien espérer,

comme devant un beau tableau ou une belle statue, un mirage, en un mot.

— Oui, oui, vous avez l'art de traduire vos paroles, mais je n'en suis pas moins jalouse! je ne
veux pas d'autre mirage que moi. Entends-tu
bien, mon amoureux!

Et sur ce mot, la princesse embrassa Joinville.

Joinville aurait pu ne rien répondre, mais il
était dit que Madeleine boirait le calice jusqu'à
la lie. En effet, voici les paroles qu'il dit à la
princesse :

— C'est de l'histoire ancienne : pourquoi s'inquiéter d'hier ? aujourd'hui est à toi.

— Mais demain !

— Demain et toujours.

En ce moment, on entendit quelques bruits
vagues dans le bosquet.

— Oh! mon Dieu, dit la princesse, est-ce que
quelqu'un serait caché là ?

Elle avait jeté les yeux sur le fond du jardin.

— Je ne vois rien, dit-elle.

Joinville regardait du même côté, mais il vit
quelque chose.

C'était Madeleine qui fuyait sur la pointe des
pieds, les yeux pleins de larmes. Elle avait trop
écouté ! Indignée contre elle-même, elle allait ten-

ter de s'esquiver soit par la petite porte du jardin,
soit par le perron.

— C'est étrange, dit Joinville à la princesse,
j'ai vu passer une ombre.

— Oh! mon Dieu, dit Mathilde à demi effa-
rée, je reconnais Madeleine. Elle est venue pour
me voir; elle se sera promenée dans le jardin en
m'attendant; elle a dû nous surprendre. Mais elle
ne dira rien.

Joinville était désespéré. Quoique jusque-là
il n'eût pas dit un mot de son amour à Madeleine, hormis par sa lettre énigmatique, ne lui
avait-il pas tout confié par ses yeux? Or, ce
rêve, si longtemps caressé, allait s'évanouir à
jamais.

Il sentit comme un suaire sur son cœur. Son
aventure avec la princesse n'était qu'un emportement dans la passion et dans l'orgueil. Madeleine
n'avait pas un seul instant perdu ses pénétrantes
magies. Il la sentait dans son cœur, comme dans
un tabernacle. Elle y régnait par sa vertu comme
par sa beauté.

Que n'eût pas donné alors Joinville pour s'é-
chapper des mains de la princesse et se jeter aux
pieds de Madeleine! Était-il possible que son
malheur fût irréparable? Quelques heures d'aveu-

glement pouvaient-elles condamner toute sa vie
aux regrets les plus amers ?

Il était si désolé que le nom de Madeleine
tomba de ses lèvres avec une expression doulou-
reuse.

— Madeleine, Madeleine, dit la princesse, il
n'y a pas de quoi jeter les bras au ciel.

Toutefois, elle était elle-même fort attristée.
Elle se rappelait qu'elle avait juré à la jeune fille
de ne plus retomber dans sa folie. Madeleine, je
l'ai dit, c'était sa conscience; si jamais une image
visible a pu donner l'idée de l'ange gardien, c'était
la figure de Madeleine.

— Oh ! cette fois, reprit Mathilde, elle n'ira pas
prier mon père pour moi. Mais je ne suis plus si
bête que l'an passé. Je me rappelle le mot du philosophe : « Cache ta vie. » Je cacherai ma vie. Je
ferai un conte à Madeleine. Je lui dirai que ç'a été
une rencontre fortuite. Dans son innocence, elle
me croira.

Mais la princesse ne savait pas que Madeleine
aimait Joinville et qu'elle avait vu passer le jeune
peintre par la porte dérobée.

Or, ce fut par cette porte dérobée que Madeleine
sortit du jardin, jurant bien de ne plus jamais hasarder son joli pied dans l'hôtel, non plus que

dans le jardin. Il lui fallut revenir rue Saint-Dominique pour retrouver le petit coupé de place qui l'avait amenée.

S'il y a des grâces d'état, il y en a surtout pour les belles âmes : dès que Madeleine s'éloigna de l'hôtel, il lui sembla qu'elle s'éloignait de l'enfer. Elle avait respiré du feu pendant une heure; l'air vif lui venait à pleines bouffées; le ciel pur se rouvrait dans son âme.

Voltaire avait inventé un Dieu qui console de tout, ce Dieu de Voltaire, c'était le Temps.

Madeleine, heureusement, croyait à un Dieu qui console de tout, ce Dieu de Madeleine, c'était Dieu !

IV

QUE LES MARIS RENTRENT TOUJOURS
TROP TÔT

J E ne parle pas des femmes à la légère. Les femmes sont plus accusées que défendues. Je n'ai pas en moi l'étoffe d'un procureur de la République. J'ai la religion de la vertu, mais je suis trop moraliste dans le sens philosophique du mot pour ne pas reconnaître la force aveugle des passions. L'apôtre a dit qu'on ne pouvait bien juger de la vertu de certaines femmes que par les chutes de certaines autres.

Ce que je dis là n'est pas pour défendre la princesse. Je la peins telle qu'elle est, sans la faire ni meilleure, ni plus mauvaise; comme

elle n'a pas eu les passions du bien elle obéit
aux passions du mal. Si on lui eût donné un
galant homme pour mari, peut-être elle se fût
rangée coûte que coûte, malgré les révoltes de la
jeunesse, sous la loi qui domine les honnêtes
femmes. Mais avec un mari comme le sien, elle
ne pouvait que se jeter plus aveuglément dans les
aventures.

Le mari qui n'occupe pas le cœur et l'esprit de
sa femme est fatalement un mari de Molière et à
la Molière. Mathilde d'ailleurs est d'autant moins
défendable qu'elle appartient à cette espèce de
monstres féminins que le mauvais esprit a jetés à
travers les hommes pour les arrêter dans leur force
et dans leur sagesse.

Tout homme bien doué, s'il est doublé d'une
brave femme, double ses forces; tandis que s'il
est enchaîné à une créature endiablée, ce n'est
plus un homme.

La princesse croyait tout simplement obéir à
son cœur en obéissant à ses passions, elle croyait
avoir fait des miracles de vertu pendant tout un
hiver, mais c'était trop beau pour elle; voilà pourquoi elle était tombée sous le charme de ce jeune
peintre qui n'y voyait que du feu.

Certes, Joinville aimait Madeleine de toutes

les forces de son cœur, mais il ne voulait pas se
donner le ridicule de laisser son manteau — chez
Putiphar — à moins que ce ne fût pour y retourner
le lendemain. Joseph était un homme vertueux,
Joinville était un homme poli.

Après tout, je ne suis pas de ceux qui voient
les choses tout en noir. Que prouvait ce petit rendez-vous nocturne dans le pavillon de l'hôtel ?
C'était peut-être plutôt l'amour de l'art que
l'amour de l'artiste.

Il paraît que ce ne fut pas l'opinion du prince
del Renozzi.

Quoiqu'il ne fût pas attendu ce soir-là avant
deux ou trois heures du matin, c'est-à-dire après
sa station chez Caroline et au club, il rentra un
peu avant minuit.

C'est qu'il y a ici-bas des gens qui s'obstinent
à brouiller les meilleurs mariages. Qui donc
renseigna si bien le prince, qu'il alla droit au
jardin, un revolver à la main, décidé à tout ?

Mais il arriva trop tôt et trop tard : Trop tôt
pour sa jalousie, puisqu'il vit s'envoler Joinville ;
trop tard, puisqu'il le perdit de vue dans les
massifs.

Le jeune peintre était parti comme il était
venu, par la petite porte dérobée, ne voulant pas

que le duo sentimental se changeât en trio tragique.

Le mari, emporté par la colère, montra son revolver à Mathilde, qui lui répondit en éclatant de
rire.

Mathilde n'avait peur de rien, moins de son
mari que de toute chose.

— C'est bien, madame, lui dit-il; vous croyez
que c'est fini, mais cet homme qui était là, je le
retrouverai demain matin; il aura de mes nouvelles : je le tuerai.

— Prince, les gens bien élevés disent : Nous
nous tuerons.

— Vous entendrez parler de ce duel au dernier sang : vous verrez que lord d'Harfox — car
je l'ai reconnu — restera sur la place.

— Lord d'Harfox ! s'écria la princesse.

— Oui, niez donc que ce ne soit pas lui. Je l'ai
vu hier aux courses, je l'ai reconnu tout à l'heure
à sa barbe blonde.

Mathilde se tut. Elle avait gardé une dent contre
lord d'Harfox. En laissant faire son mari, elle
sauvait peut-être Joinville, qui n'était pas sans
doute un homme d'épée, tandis que le marquis se
battait comme pas un.

— Faites, monsieur, dit-elle tout haut, tuez

tous ceux qui me trouvent belle, mais vous ne prouverez jamais qu'ils soient mes amants.

— Que sont-ils donc, madame ?

— Des amoureux peut-être ; mais je ne daigne pas me défendre.

— Oui, mais moi, je vous défendrai même malgré vous, parce que je suis forcé de défendre mon honneur.

Un peu plus la princesse éclatait de rire.

— Et où vous couperez-vous la gorge, monsieur ?

— Partout où on voudra ; mais pour aller plus vite, je demanderai à Richard Wallace la clef de son parc dans le bois de Boulogne.

La princesse, qui dépassait toujours tout ce qu'on pouvait imaginer, quelle que fût la situation, dit d'une voix calme :

— Ne pourrais-je pas être de cette petite fête ?

Le prince se révolta.

— Mais c'est de la folie !

— Oh ! je ne demande pas à être votre second, j'irai là en simple spectatrice pour juger la beauté des coups ; vous savez que je m'y entends.

La princesse était dans une si belle sérénité que Renozzi n'osait plus l'accuser ; il eut même l'ingénuité de vouloir parler à son cœur.

— Voyons, Mathilde, je croyais que vous étiez revenue à la dignité de votre nom ; ce qui vous perd, ce sont vos extravagances bien plutôt que vos entraînements ; vous êtes née batailleuse, toujours sur les quatre chemins de l'imprévu ; mais au fond, la fille du duc de Marigny ne peut manquer à sa race. Dites-moi que cet homme n'est pas votre amant.

— Monsieur mon mari, si vous êtes assez bête pour me questionner, je ne suis pas assez bête pour vous répondre ; que je sois coupable, que je ne le sois pas, je ne puis vous dire que *non* ; vous serez bien avancé quand vous aurez ce *non*-là dans le fourreau de votre épée.

Le prince s'emporta.

— Eh bien ! puisque vous êtes incorrigible, le sort en soit jeté. Vous pouvez pleurer sur lord d'Harfox et sur vous-même.

— Qui sait ? dit Mathilde d'un air dégagé, c'est peut-être sur vous que je pleurerai.

Le prince courut chez M. de Myra.

V

LA MONTRE DE M. DE MYRA

N matin, à son réveil, le vicomte de Myra reçut cette jolie épître :

« Monsieur mon amant, vous imaginez-vous
« que je paye ma blanchisseuse avec la fumée de
« vos cigares ? Vous êtes à encadrer ! Vous conti-
« nuez à être de moitié dans mon train de maison,
« mais il faut que j'y aille du tout, puisque vous
« ne me donnez plus rien. Songe donc, mon cher
« vicomte, que je ne suis riche qu'au jour le jour.
« Ce qui me surpasse, c'est que depuis que tu ne
« roules plus sur l'or, tu es devenu jaloux et que
« tu m'enchaînes à ta passion. Mais, les affaires
« sont les affaires. Ce n'est pas pour rien qu'on

« dit le « commerce de l'amour. » Tu sais comme
« je suis désintéressée ! J'ai fait avec toi un voyage
« à Monaco, qui m'a ruinée, mais j'avais du soleil
« plein le cœur. Aujourd'hui, N...I...NI, c'est
« fini. Il n'y a plus de monacos, et je vais partir
« pour Londres. Ne viens donc pas te casser le
« nez à ma porte. Porte close, c'est toujours le
« dernier mot de l'amour.

« Danaé. »

— Oui, dit M. de Myra, de l'amour sans
argent.

Il réfléchit que l'argent sans amour était de
l'argent perdu, mais que l'amour ne se payait pas
avec de l'amour quand grisonnaient les moustaches.

Il en était là.

Par malheur pour lui, il aimait encore cette
Danaé, quoiqu'il n'eût plus les moyens de l'a-
mour.

Ah ! si Madeleine avait voulu l'aimer, comme
il se fût dégagé victorieusement de l'ivraie enva-
hissante ! Il eût brisé une fois pour toutes avec ce
monde perdu où il retrouvait la Bourse de l'amour,
après avoir quitté la Bourse des fonds publics :
mauvaises valeurs des deux côtés.

Mais Madeleine n'avait pas daigné tourner la tête de son côté.

Quand M. d'Armeville avait parlé à la jeune fille des vagues espérances de M. de Myra, elle s'était mise à rire pour toute réponse. L'ambassadeur n'avait pas voulu dire au vicomte combien la réponse était sans appel, mais il avait compris.

Si bien qu'il ne se faisait plus d'illusion sur le tome second de son existence : il prévoyait toutes les misères, toutes les angoisses, toutes les catastrophes. Aussi prit-il la résolution de ne pas vivre son deuxième volume, c'était trop d'un.

Sa montre allait enfin marquer sa dernière heure.

Il regarda sa montre d'un œil sympathique :

— O toi, dit-il en l'embrassant, toi dont le cœur a battu sur le mien, toi qui ne m'as jamais trompé ni sur les heures d'amour ni sur les heures de haine, toi qui as marqué ma veine et ma déveine, toi qui m'as parlé gaiement pendant mes meilleurs jours, toi qui ne m'as pas caché les heures mauvaises : adieu ma montre, adieu mon seul ami !

Et la baisant encore, il se demanda ce qu'elle allait devenir.

— O fille de mœurs régulières, toi qui ne t'es jamais dérangée, toi qui es faite de l'or le plus pur et du travail le plus délicat, toi qui vas me survivre sans montrer des larmes hypocrites, à qui vais-je te léguer ?

M. de Myra passa en revue tous ses amis et toutes ses amies : pas un, pas une ne lui parut digne de la porter. Un peu plus il la brisait. Mais c'était un chef-d'œuvre. S'il descendait dans la rue pour la donner à un pauvre ? Mais le pauvre la vendrait peut-être à un coquin. Et puis il voulait que sa montre marquât l'heure auprès de lui quand il serait mort.

Une dernière fois l'image de Madeleine passa devant ses yeux.

— Ah ! dit-il, si c'était une montre de femme !

Par amour pour Madeleine, il écrivit ces trois mots :

« Je donne ma montre au marquis d'Arme- « ville. »

Cette figure bien connue dans le monde parisien mérite une étude. Elle est un type, elle est une espèce. Tous ceux qui mangent leur blé en herbe s'y reconnaîtront.

VI

HISTOIRE D'UN HOMME D'ARGENT

LE vicomte de Myra avait tenté tous les périls et toutes les faveurs de la fortune; par malheur, il avait rencontré souvent Mme Danaë, qu'il avait trop inondée de pluies d'or. Il était retombé du haut de ses rêves avec assez de philosophie, ne songeant plus qu'à vivre sans perdre une heure.

Son père, un des ministres de la Restauration, avait retrempé sa fortune dans la haute banque de Francfort en épousant une juive tout habillée de billets de banque. M. de Myra avait sucé l'or à la mamelle.

Le ministre avait eu beau jeter l'or par les fenêtres de son magnifique hôtel de la rue de la Vic-

toire, sa femme, qui était l'âme de la maison, avait
gardé pour son fils une vraie fortune. A vingt ans,
M. de Myra fut orphelin. Quoiqu'il aimât déjà
l'or pour l'or, vrai fils de sa mère, il se laissa
prendre aux belles folies parisiennes. Il eut beau
çà et là fermer les mains, les passions furent plus
fortes que lui : les femmes l'envahirent et le dévo-
rèrent. Il espérait que le jeu le sauverait. Il joua
aux courses, il joua au club, il joua à Bade, il perdit partout, il perdit tout.

Mais quand il fut si près de sa ruine, il sentit
se réveiller en lui l'amour de l'or ; il jura qu'il de-
viendrait riche ; il donna son âme à la fortune,
au temps où Parisis donna son âme à la volupté,
comme on donne son âme au diable. On a vu
son nom souvent mêlé aux emprunts d'État, aux
banques étrangères et à tous les discrédits mobi-
liers qui ont jeté des illusions dans le monde
des bonnes gens.

Quand on n'a plus d'argent, il faut bien vivre
avec l'argent des autres. M. de Myra avait étudié
à l'école de Law ; il créait du papier, puis encore
du papier, puis toujours du papier ; ce qui faisait
dire à son ami Monjoyeux, comme autrefois le
marquis de Nocé à Law : « Nous avons tous les
deux le même système, vous faites du papier pour

payer; je ne paye pas mes billets, mais qui rem-
boursera vos actions? »

M. de Myra n'avait pas pour cela discontinué
de vivre en grand seigneur; au contraire, il avait
de plus beaux chevaux et de plus belles maîtresses.
Seulement une chose lui manquait, c'était le
temps. Il comptait les heures, il comptait les minutes, il comptait les secondes. Il mesurait toutes
ses actions la montre à la main; jamais un Amé-
ricain n'avait si bien prouvé la maxime : *Le temps,
c'est de l'argent.*

Et le vicomte n'avait donc pas perdu une
heure pour aller à sa perte. Et plus il allait et plus
il s'impatientait de ne pas aller plus vite. Tout
semblait lui faire obstacle pour faire le mal comme
pour faire le bien.

Vingt fois il avait tenté de rebâtir sur les ruines
amoncelées le château de sa fortune.

Il était de toutes les affaires, naturellement de
toutes les mauvaises. D'ailleurs, quelles sont les
bonnes affaires? Il touchait à tout : ici inspirateur
de Paris port de mer; là l'ambassadeur extraordinaire d'un emprunt d'État; hier bailleur de fonds
d'un journal qui a trop d'abonnés; aujourd'hui
créateur d'un journal qui n'en a pas du tout. Il
était membre du conseil d'administration d'une

Compagnie d'assurances et d'une Compagnie de chemin de fer. Les actionnaires n'étaient pas assurés et ne voyageaient pas dans leur chemin.

On voit d'ici dans quelle fièvre vivait le vicomte de Myra, aussi le croyait-on sur parole quand il disait : « Je n'ai pas une seconde à moi. » Il n'avait même pas la seconde de l'amour.

Le matin, quelle que fût l'heure où il se fût couché la nuit, son valet de chambre venait lui dire invariablement :

— Monsieur le vicomte, vous êtes attendu.

Il ne s'accordait pas à lui-même les cinq minutes de grâce. Il se jetait hors du lit, il s'habillait en toute hâte et il apparaissait dans son cabinet au milieu de trois ou quatre pisteurs. La pendule marquait huit heures. Il donnait audience aux quatre coins de son cabinet. Il écoutait tout en décachetant des lettres et en dictant des réponses à son secrétaire.

Il avait horreur de l'éloquence. S'il entendait faire une phrase il frappait du pied, il menaçait du regard le parleur pour lui dire : « Ne recommencez pas ! »

A neuf heures et demie, la besogne du matin était faite ; il avait signé les lettres, il avait expédié son monde. Son cocher l'attendait dans la cour, avec sa victoria ou avec son coupé. De neuf à onze heures, il sillonnait Paris comme un trait de feu, lisant les journaux ou rêvant à une nouvelle affaire.

On a dit d'Émile de Girardin, qui est toujours debout à cinq heures : « Pourquoi le prince des journalistes se lève-t-il si matin? » Et on répondait : « Pour se faire des ennemis. »

C'est bien quelque chose. On se demandait, en voyant M. de Myra brûler Paris : « Pourquoi va-t-il si vite? » On pouvait toujours répondre : « C'est qu'il va à sa ruine. »

Le vicomte de Myra rentrait chez lui à onze heures. Il y trouvait du monde, des dépêches, des rapports, des lettres de femmes, car il y a à Paris des femmes d'affaires. Celles-là se lèvent matin.

Il déjeunait dans ce brouhaha ; un déjeuner sommaire s'il en fut : un œuf brouillé aux truffes ou aux pointes d'asperges, ou au pâté de foie gras, ou au perdreau haché menu, avec du thé ou du café. Aussi n'entrait-il pas dans la salle à manger. On lui apportait ce festin de Balthazar sur une petite table chinoise où il n'y avait pas de place pour deux, ce qui le dispensait d'inviter un ami à déjeuner. C'était d'ailleurs son principe qu'il ne faut pas déjeuner sérieusement ni seul ni en compagnie.

De là, il courait à quelque conseil d'administration, de là à la Bourse, de là — à quelques illusions. — A quatre heures l'hiver, à cinq heures au printemps, à six heures l'été, il courait au bois où il dépassait toutes les voitures, coûte que coûte, comme s'il cherchait quelqu'un. Ce n'était que pour aller plus vite que les autres.

A sept heures, il dînait dans un cabaret à la mode, à la Maison d'Or, au Café Anglais, au Moulin Rouge. Il s'accordait une heure pour dîner ; mais, quoiqu'il fût alors avec des amis qui n'avaient qu'une affaire en tête, celle de bien vivre, combien de fois ne venait-on pas le troubler pour une lettre à lire et une réponse à faire !

A huit heures, il fumait un cigare avec quelque quiétude. Après quoi il entrait à l'Opéra ou dans un petit théâtre. Il avait des amis et des amies partout. Il faisait la part de tout le monde, c'est-à-dire qu'il se donnait à chacun et à chacune selon ses heures.

Minuit sonnait. On allait soupailler et jouailler un peu. Mais quelle que fût la gaieté du souper, quel que fût l'entrain du jeu, le vicomte de Myra était toujours couché à deux heures du matin. Quelquefois il oubliait de rentrer chez lui, mais à huit heures moins cinq minutes il était dans son cabinet.

Eh bien! cet homme si occupé, qui ne perdait pas une seconde, avait perdu son temps. Il avait compromis son nom. Il s'aperçut un jour que, lui qui ne vivait que du crédit public, il tombait déjà dans le discrédit.

La fortune lui avait fait des avances, il s'était presque trouvé riche un jour. On racontait que lorsque la marquise Danaé avait passé le râteau sur lui, il s'était écrié devant ses amis qu'il prendrait sa revanche. Il avait remué ciel et terre, mais on ne disait plus de lui : « Tout ce qu'il touche devient or. » Au contraire, il portait malheur aux affaires les plus sûres.

Tout homme dans sa vie a ses heures de désespoir où il s'écrie, comme Louis XIV : « Je ne peux plus faire ni la paix ni la guerre! »

M. de Myra s'aperçut donc un jour que tout était fini pour lui. Le monde des faiseurs se renouvelle bien vite à Paris. La génération qui « prenait l'argent des autres, en vertu de l'axiome des affaires, jugeait que le vicomte n'avait plus rien dans son sac à malices. On le mit peu à peu de côté, quoiqu'il fût un homme de ressource pour créer et pour discuter. On refusa bientôt de l'entendre.

Il se trouva seul au milieu des ruines qu'il avait faites ou qu'il avait laissé faire sous ses yeux. Il lui restait bien de quoi vivre de peu, dans un coin, en philosophe revenu de la fortune ; mais quiconque a touché à l'argent ne devient jamais philosophe. Il joua son reste et joua de son reste.

L'argent ! l'horrible argent ! l'âme du diable sur la terre, si jamais le diable a eu une âme. L'argent ! la soif des damnés, qui ne boivent çà et là que pour avoir plus soif encore. Avoir de l'argent, c'est peu ; en avoir beaucoup, c'est moins encore. N'en avoir pas eu, c'est bien ; n'en avoir plus, c'est l'enfer.

VII

QU'IL FAUT QUELQUEFOIS MONTER SUR L'ARC DE TRIOMPHE.

OYONS, dit Myra un matin, je perds mon temps ici-bas. Il est l'heure de tenter l'inconnu.

Il avait joué la veille à la Bourse son dernier coup de cartes. Il avait perdu. Il ne voulait pas s'attarder un jour de plus dans les impossibilités ou les paresses de la vie. Ce n'était pas un rêveur, il voulut être jusqu'au bout un homme d'action.

Il était dans son cabinet. Sa montre marquait neuf heures. Pas un visiteur n'était venu. Il avait dit adieu à son secrétaire depuis quelques jours. Il sentait le silence tout autour de lui.

— Oui, oui, dit-il en se promenant, j'avais bien prévu cela. Quand l'homme d'argent n'a plus d'argent, il n'y a plus autour de lui ni ami ni maîtresse.

Le portier lui apporta une assignation, un commandement et le papier jaune des contributions, la sommation avec frais.

— Connu! connu! dit M. de Myra en jetant les papiers au feu.

Le portier, qui était sorti, rentra.

— Monsieur le vicomte, votre cuisinière ne reviendra plus.

— Pourquoi donc?

— Parce qu'elle a trouvé ce matin même une bonne place. Elle disait qu'on ne faisait pas assez de cuisine chez vous. Elle viendra dimanche pour régler son compte.

— C'est bien, dit M. de Myra, en congédiant le portier.

Il s'était promis de vivre encore jusqu'au soir. Un jour de far niente et de paresse après tant de jours de fièvre! Il se demanda alors s'il ne devait pas finir tout de suite.

Il prit un revolver, mais il pensa qu'il était indigne d'un galant homme de changer « ses heures de départ » sous prétexte que sa cuisinière manquait à tous ses devoirs.

— Non, dit-il, je mourrai ce soir, après ma journée finie.

Il acheva de s'habiller.

— C'est singulier, reprit-il, j'ai plus faim que de coutume. Je commence à comprendre pourquoi Louis XVI a dévoré un poulet sur le chemin de la guillotine.

Il lui restait de quoi déjeuner. Cela d'ailleurs ne l'enquiétait pas, car il avait encore du crédit au Café Anglais.

Il y alla tout en se promenant. Il se promenait pour la première fois de sa vie! Il y rencontra des amis, il y déjeuna gaiement.

— Je te trouve plus gai que de coutume, dit un de ses amis.

— C'est parce que j'ai réglé ma vie, répondit-il.

On parla femmes et chevaux, politique et opéra.

— Sais-tu, lui dit tout à coup un de ses amis, je remarque que pour la première fois de ta vie tu ne regardes pas l'heure à ta montre.

— Sais-tu pourquoi ? C'est que je ne veux plus savoir l'heure.

— Je ne te reconnais pas! C'est toute une révolution qui s'est faite en toi.

Un homme de la Bourse s'approcha de M. de Myra.

— Pas un mot! s'écria-t-il, je suis comme le czar, qui ne voulut pas entendre parler de Sébastopol à sa dernière heure.

Après le déjeuner, M. de Myra monta dans une voiture de place.

— Où allons-nous? lui demanda le cocher.

— Où il vous plaira.

Le cocher suivit le boulevard jusqu'à la Madeleine. M. de Myra regardait tout autour de lui avec la curiosité d'un enfant. C'était la première fois qu'il voyait bien. Jusque-là les inquiétudes avaient jeté la poudre amère dans ses yeux. Même aux beaux jours de sa fortune, la poudre d'or l'avait aveuglé.

— C'est beau, Paris! dit-il à plusieurs reprises.

On était aux plus beaux jours, mais le ciel était couvert de nuages. Le soleil avait des douceurs plus pénétrantes, comme ces beautés septentrionales qui ne parlent qu'à notre cœur.

— Ah! s'écria M. de Myra, comme ils sont

heureux, ceux-là qui n'ont pas eu l'amour de
l'argent!

Un .petit bohémien lui tendit la main devant
la Madeleine. Il avait encore un louis, il le lui jeta
en lui disant :

— Ne le mets pas à la caisse d'épargne, ni dans
l'emprunt turc.

Il vit la joie s'épanouir sur la figure du gamin.

— Eh bien ! dit-il, tout l'argent que j'ai eu ne
m'a pas donné un tel plaisir, parce que j'ai eu le
souci de le bien placer, tandis que ce gamin n'a
que le souci de bien s'amuser avec cette pièce de
vingt francs.

— Où allons-nous ? demanda une seconde fois
le cocher.

M. de Myra pensa qu'il n'avait pas le temps de
faire le tour du monde ni le tour de lui-même, —
à peine le tour de Paris.

— Je suis, dit-il, dans la ville la plus curieuse
du monde et je ne la connais pas ! J'ai parlé souvent, dans l'argot du critique et du connaisseur,
des chefs-d'œuvre du Louvre, et je les ai à peine
entrevus! j'ai admiré Notre-Dame en passant les
ponts, et je n'y suis jamais entré! Et ainsi de
toutes les merveilles.

Et élevant la voix :

— Cocher, à l'Arc de triomphe.

Pendant tout le parcours des Champs-Élysées, M. de Myra se récréa doucement à la joie des enfants qui éclatait comme un chant d'oiseau.

— Ah ! si je pouvais recommencer ma vie !

Arrivé devant l'Arc de triomphe, il paya le cocher et monta sur la plate-forme. Il n'avait pas l'arrière-pensée de se précipiter, il était trop bien élevé pour faire des grimaces en public. Il voulait voir de haut le grand spectacle de Paris. Il fut ébloui et émerveillé du panorama, des silhouettes monumentales, des tableaux variés, des vagues vivantes.

— C'est égal, dit-il en regardant passer un ministre qu'il reconnut à ses chevaux, un homme est bien peu de chose vu du ciel !

Il lui sembla qu'il était déjà mort et qu'il regardait les vivants avec le désintéressement d'une âme curieuse.

— S'il me fût resté un regret, dit-il, je le laisserais sur l'Arc de triomphe. Tout cela est beau, tout cela est grand : mais qu'est-ce qu'un homme dans tout cela? Si j'étais monté là il y a dix ans, je me fusse épargné bien des jours de fièvre.

VIII

LE DERNIER CIGARE

L reprit une voiture et se fit conduire au Bois, où il était venu chaque jour de sa vie, mais où il ne s'était jamais promené.

Il fut ravi de sa pérégrination, depuis la mare d'Auteuil jusqu'au Pré-Catelan.

— C'est presque la nature chez elle, dit-il avec une renaissance de cœur.

Il attendit les premières voitures comme pour jeter un sourire d'adieu à la fête parisienne.

Dans un landau olive de haute volée, avec des armoiries bruyantes, il reconnut la marquise Danaé, cette altière mangeuse d'or, cette créature aux mains crochues qui ne s'animait qu'au contact d'une des effigies de ceux qui frappent monnaie.

Ils ne se parlaient plus depuis longtemps, parce que la marquise ne donnait pas une parole pour rien. Mais M. de Myra, sur un signe impératif au cocher de la marquise, vit s'arrêter le landau devant lui.

— Eh bien, ma ci-devant maîtresse, vous tenez donc encore à la bourse du lac ?

— Oui, monsieur. Et vous ?

— Oh ! moi, j'ai abdiqué. Je ne crois même plus à la bourse qui est dans ma poche.

La marquise donna ordre au cocher de repartir.

— Ne vous impatientez pas, dit M. de Myra, c'est la dernière fois que je vous fais l'honneur de vous parler, car après-demain, à huit heures, on m'enterrera incivilement, — ce qui veut dire que j'obligerai mes amis à passer par l'église.

— Vous êtes devenu fou !

— Non, je suis devenu sage.

— Eh bien ! mon cher, je ferai dire une messe pour vous.

— Oui, dit M. de Myra, d'un air méprisant.

Et il jeta sur sa ci-devant maîtresse une pièce de cinq francs en argent.

— Il y aura vingt sous pour le curé, et qu.
tre francs pour toi. Je t'ai pris quatre minut
de ton temps, tu vaux bien vingt sous par minut

La marquise rougit sous cette pièce de ce
sous.

— Ah! s'écria-t-elle, comme je compren
Marguerite de Bourgogne!

Un peu plus loin, M. de Myra rencont
Mme d'Armigny, sa première maîtresse.

Ils avaient été bien heureux ensemble dans 1
roman intime passé rue de Latour, à la porte (
bois de Boulogne. Ce bonheur répandait enco
en lui une vague odeur d'aubépine et de clém
tite. Ils se saluèrent comme des gens qui son
cent mille lieues l'un de l'autre.

— Et on croit, dit-il tristement, que les amo
reux se retrouvent dans l'autre monde, qua
déjà ils ne veulent pas se retrouver dans
monde-ci !

Un peu plus loin, il rencontra la Taciturr
qui avait été sa maîtresse pendant tout un hiv
parce qu'il aimait les femmes silencieuses.

On connaît bien la Taciturne depuis quir
ans. Elle n'a que quatre mots dans son répe
toire. Elle les jette à tort et à travers, et elle pa
toujours bien.

Quel Parisien du tout Paris ne connaît ces quatre mots : *Ni oui, ni non. — Question d'argent. — Je suis désarmée. — J'en accepte l'augure.*

Comme sa voiture allait au pas, M. de Myra vint se pencher à la portière.

— Es-tu contente? lui demanda-t-il.

— *Ni oui, ni non,* dit-elle en lui donnant la main.

— Tu fais toujours ta tête et ta figure, reprit-il.

— *Question d'argent.*

— Quand je pense que nous avons rêvé six mois sous le même ciel de lit.

— Ah ! ne me parle pas de cela ; *je suis désarmée.*

— Adieu, je pars pour un long voyage.

— Pour les eaux ?

— Oui, pour les eaux du Styx. Nous nous rencontrerons par là.

Naturellement la Taciturne, qui n'avait plus qu'un mot à dire de son répertoire, salua son ancien amant par la célèbre phrase stéréotypée sur ses lèvres :

— *J'en accepte l'augure.*

M. de Myra rit pour la dernière fois.

— Tout cela, dit-il, c'est toujours la même chanson ; mais cette fille est tout aussi éloquente que les autres, elle a même l'éloquence de la concision. Le dictionnaire de l'Académie française devrait tenir dans un in-32. Que de sottises seraient supprimées ! Quiconque a dit un mot, a tout dit, quiconque a lu un livre, les a tous lus, quiconque est venu au monde, a vécu un siècle.

Et M. de Myra, se retournant vers le Bois, envoya ce dernier refrain en signe d'adieu :

— Bonsoir la compagnie !

Il avait marché pendant deux heures. Il remonta dans la voiture et dit au cocher de le reconduire chez lui en toute hâte.

— La mort n'attend pas, dit-il.

C'en était fait des heures de paresse qu'il s'était données.

En remontant l'avenue de l'Impératrice, il salua quelques amis qui se disaient entre eux :

— Tiens ! M. de Myra qui se paye encore une promenade au Bois : le temps n'est donc plus de l'argent pour lui !

Quand il arriva sur le boulevard, il calcula qu'il lui restait cinq minutes.

Ce fut alors que je le rencontrai.

J'allai à lui et je lui offris un cigare.

— Oui, me dit-il, j'ai encore le temps de fumer un cigare.

Nous nous promenâmes de la rue de Grammont à la rue Vivienne.

Je remarquai qu'il regardait le ciel.

— Est-ce que vous avez un rendez-vous là-haut? lui demandai-je.

— Peut-être, dit-il en souriant.

Et après un silence :

— Adieu, reprit-il, j'ai un rendez-vous chez moi. Vous savez comme je suis exact. Adieu, votre cigare est exquis.

Il le regarda comme pour mesurer des yeux s'il serait bon compagnon jusqu'à sa maison.

Jamais cigare ne me parut si bon à être fumé par un autre.

Le vicomte demeurait alors rue Auber. Il rencontra le portier devant la porte cochère.

— Je vais me coucher, lui dit-il, je meurs de sommeil : défendez ma porte ce soir.

M. de Myra monta à son quatrième étage, humant sur chaque palier une bouffée de fumée.

IX

LE JEU DE LA DESTINÉE

DE MYRA alla droit à son revolver dès qu'il
eut refermé sa porte.

— L'heure a sonné, dit-il.

Une parenthèse :

Le revolver était un joli bijou que lui avait
donné la princesse del Renozzi au dernier jour de
l'an.

— Pourquoi me donnez-vous ça, princesse ?

— Pour tuer le temps, mon ami, ou plutôt
pour vous défendre dans les forêts, puisque vous
allez chasser au château d'Arvers. Avez-vous peur
de tuer un innocent ?

— Non, car je ne veux tuer personne, si ce

n'est moi. Et ce ne sera pas le massacre des inno-
cents.

— Est-ce que vous avez jamais pensé à vous
tuer?

— Pourquoi pas? Il y a des jours où je m'em-
barrasse dans moi-même et où j'ai envie d'en finir avec cette guenille.

— Ne faites pas le philosophe ou bien je vous
reprends mon revolver.

— Non, non, dit-il, vous ne pouviez me donner l'amour, c'est bien naturel que vous me don-
niez la mort.

Là-dessus M. de Myra, qui avait baisé la main
de la princesse, s'en était allé en toute hâte, selon
son habitude. Celui-là ne s'attardait pas dans les
adieux comme les gens timides qui ne savent pas
sortir d'un salon.

Cependant il allait sortir du salon de la vie.

Cette fois-là, il s'attarda un peu.

— Que va-t-on dire de moi? On dira que je
jouais à la Bourse et on dira que c'était la bourse
ou la vie : en un mot, on dira une bêtise sur celle
que je vais faire, mais ma bêtise est celle d'un
sage.

Et après un silence :

— Mais si j'allais me réveiller dans l'autre

monde ? Eh bien ! ce serait un nouveau spectacle.

Quoique le vicomte professât l'athéisme byro-
nien, il vit passer sous ses yeux je ne sais quelle
vague lueur de l'infini, il tressaillit, mais se retournant bientôt :

— Non, dit-il, je ne crois à rien. Le régent,
Philippe d'Orléans, qui ne croyait pas à Dieu,
croyait au diable. Pour moi, je ne crois pas même
au diable.

Il fit une rapide récapitulation de conscience.

— Non, reprit-il, je ne crois à rien excepté aux
imbéciles, ce monde en est peuplé. Je pars pour
l'autre monde.

Il approcha le pistolet de son front.

Mais, à cet instant, ce fut un coup de sonnette
qui retentit.

— Je n'y suis pas ! je n'y suis plus !

Il faillit faire feu, mais soit que la vie fût plus
forte que la mort, il baissa la main et se demanda
s'il devait ouvrir.

Étrange contradiction de l'esprit humain ! Cet
homme qui était déjà au milieu des grandes images
de l'éternité, tomba dans la curiosité du premier
venu, il voulut savoir qui pouvait ainsi sonner à
minuit.

— Si c'était une femme !

Après tout, puisqu'on venait l'interrompre dans cette grave action de passer de la vie à la mort, c'est qu'il y avait une destinée.

C'est bien là la logique des gens qui ne croient ni à Dieu, ni au diable, mais qui croient à la destinée. Que dis-je ? à leur destinée, les orgueilleux !

M. de Myra, ayant recommandé au portier de ne laisser monter personne avant l'aurore, il fallait qu'il se passât quelque chose d'extraordinaire pour qu'on fût venu chez lui.

Il posa son revolver sur la cheminée et il alla ouvrir la porte.

C'était le prince del Renozzi.

— Que diable viens-tu faire à cette heure ? lui dit le vicomte avec impatience ; si j'avais su que ce fût toi, je n'eusse pas interrompu mon travail.

— Que faisais-tu donc ?

— Homme de chiffres, j'allais écrire un zéro sur toute ma vie. Je te jure que je n'ai ouvert ma porte que parce que je croyais que c'était une femme.

— Eh bien ! c'est pour une femme que je viens.

— Explique-toi.

— Je me battrai en duel demain matin, il faut que tu sois un de mes témoins.

— Je ne peux pas faire deux choses à la fois.

M. de Myra alla reprendre son revolver.

— Regarde bien ceci, moi je me bats en duel avec la vie, c'est mon adversaire, je suis bien sûr de ne pas manquer mon coup.

— Est-ce que tu es fou ?

— Non, je me tue parce que je veux en finir avec la folie par la sagesse.

Et le vicomte approcha le canon de sa tempe. Mais le duc lui saisit la main.

— Demain, si tu veux, je te servirai de témoin ; mais après mon duel.

— Il me vient une idée, je jetterai mon gant à ton adversaire et je me ferai tuer par lui.

Le prince, qui connaissait bien son ami, se hâta d'approuver cette nouvelle folie.

— Mais oui ; c'est une bonne idée ; au moins tu mourras vaillamment, tandis que le suicide n'est que la bravoure des lâches.

— Eh bien, c'est dit ! Allons souper.

— Mais dis-moi d'abord pourquoi tu te battras demain.

— Parce que lord d'Harfox a jeté des pierres dans mon jardin.

— C'est ton affaire ! C'est aussi la mienne, car il aura deux adversaires pour un. En attendant je meurs de faim ; ces préparatifs de départ pour l'autre monde, m'ont donné l'envie de manger celui-ci.

Le prince, qui était brave, mais brave seulement par bouffées, n'était pas si affamé que M. de Myra, parce qu'il avait quelque inquiétude sur la rencontre.

— On voit bien, lui dit-il, que tu as fait le sacrifice de ta vie. Moi, je ne suis pas si philosophe, je ne voudrais pas être à fin de bail.

Les deux amis descendirent pour aller au club retrouver l'autre témoin.

— Passons par le café Anglais, dit M. de Myra. Si tu n'as pas faim, je souperai sans toi, mais je t'avertis que tu payeras l'addition, car j'ai donné aux pauvres tout ce qui me restait. Un peu plus je faisais un testament pour léguer le reste aux hospices.

— Bien volontiers, mon cher ami ; demande le cabinet numéro deux, tu t'y trouveras en bonne compagnie — ce qui veut dire — en mauvaise compagnie.

— Je comprends.

On se donna la main et on bifurqua.

Au café Anglais, le vicomte ne fut pas bien surpris de trouver la maîtresse du prince pipant avec délices au-dessus d'une coupe de vin de Champagne frappé.

Celle-là n'avait pas l'inquiétude du lendemain.

— Tu ne sais pas, dit-elle à M. de Myra, en éclatant de rire, Léo se bat en duel demain, pour prouver la vertu de sa femme. Voilà qui est original.

— Tu aurais voulu, sans doute, qu'il prît les armes pour prouver la tienne.

Mlle Caroline de Jenesaisquoi se redressa comme un daim blessé.

— Pourquoi pas ? toute femme a sa vertu ; tu aurais beau te jeter à mes pieds, tu n'aurais pas raison de la mienne.

— Comment donc, je n'en doute pas, d'autant plus que je n'ai pas le sou.

— Oh ! mon cher ami, tu aurais toute la fortune que je ne trébucherais pas.

— Oh ! si j'avais seulement de quoi te demander en mariage.

— Insolent ! veux-tu aussi avoir ton duel ?

— Oui, jette-moi ta coupe ou ton chignon à la figure. Je n'aime de toi que tes colères.

M. de Myra connaissait bien les femmes — ces femmes-là surtout. — Mlle Caroline s'adoucit jusqu'à la suavité :

— Tais-toi, tu me donnes envie de t'embrasser.

M. de Myra s'était tourné vers le garçon pour demander qu'on lui servît rapidement un perdreau froid.

— Tu n'as donc pas dîné ?

— J'ai mal dîné. Et puis je reviens de si loin.

— D'où viens-tu donc ?

— J'étais parti pour un voyage au long cours, mais le prince m'a happé en route.

M. de Myra se mit à table et demanda un second perdreau dès qu'il vit le premier.

Jamais un homme ne soupa plus gaiement.

— Ah ! dit la demoiselle, je donnerais bien vingt-cinq louis pour avoir ton estomac.

— Moi, je ne donnerais pas vingt-cinq louis pour avoir ton cœur ! Mon estomac je te le donne pour rien ! Tu me regarderas manger, comme ce roi de l'antiquité qui avait des esclaves pour toutes ses actions.

— C'est une idée ! je suis paresseuse comme une chatte, j'avais déjà pensé à ne plus faire moi-même une foule de choses qui sont à la portée de tout le monde. Mais bois donc mieux que ça.

Mlle de Jenesaisquoi versa du vin de Champagne au soupeur.

— Soyons sérieux, reprit-il. Pourquoi le prince est-il jaloux de sa femme, puisqu'il a une maî= tresse ?

— Il est tout aussi jaloux de sa maîtresse. C'est l'honneur castillan. Il se compare au Cid des batailles. Aussi, je te jure que si je n'étais pas si paresseuse, je l'aimerais.

— Qui est-ce qui t'a donné ce péché capital? Tu as donc été élevée à ne rien faire ?

— Es-tu bête! c'est parce que j'ai passé mes premières années dans le tohu-bohu du travail ; ma mère était blanchisseuse, c'est tout dire.

— Un bon point pour cette confession. Si je ne suis pas mort demain, je donnerai ma pratique à ta mère.

— Monsieur, vous m'insultez. Je suis fille de mes œuvres; grâce à Dieu, ma mère ne va plus au lavoir. Je lui ai acheté une maison et un âne à Montmorency.

— Alors, je te ferai donner un prix Monthyon par Alexandre Dumas, — de l'Académie-françoise.

— Tout justement, ma mère s'appelait Fran-
çoise-les-Bas-Bleus. Est-ce que tu connais la princesse ?

— Beaucoup ; elle est plus jolie que toi.

Caroline regarda Myra.

— C'est le prince qui t'a dit ça, dit Caroline
avec un regard d'acier.

— Non, le prince est comme tous les maris, il
ne voit la beauté de sa femme que s'il n'est plus
aimé.

— Avec ça qu'il est aimé par la princesse. Si je
voulais parler...

— Tu dirais ce que tu ne sais pas.

— Allons donc ! il ne faudrait pas me vio-
lenter beaucoup pour que je montrasse une lettre
de la princesse à celui qui se bat demain avec le
duc.

— C'est donc aussi ton amant celui-là ?

— On ne sait pas : les jours de brouille avec le
prince...

M. de Myra regarda Caroline avec un sourire
d'admiration.

— En vérité, tu me fais horreur !

— Ne faut-il pas que je perde mon temps ? n'ai-
je pas le droit de me venger avec ce que j'ai sous
la main ?

Le vicomte en était à sa dernière cuisse de perdreau, il la croqua bruyamment en disant encore
à Mlle de Jenesaisquoi :

— Tu me fais horreur !

La demoiselle se mit à rire.

— En vérité, vous autres vous êtes admirables,
vous voudriez que les femmes de vos menus plaisirs fussent des madones détachées des fonds d'or.
Nous sommes des monstres, c'est connu, mais
des monstres charmants. Tu es décavé ; mais fais
un peu fortune, tu verras comme tu reviendras à
nous !

— Moi ! si je voulais me donner la peine de
passer encore un quartier d'une lune de miel avec
une femme, ce serait avec la vertu même, dussé-
je en passer par M. le maire et M. le curé. J'ai
la nostalgie du bien comme tu as la nostalgie du
mal.

— Oui, oui, je te vois venir : *Jenny l'ouvrière !*
Mais tu te contenterais de la petite blanchisseuse
de la chanson.

A cet instant le prince entra.

— Tu sais, lui dit sa maîtresse, que ton témoin
est devenu un adversaire, il m'a injuriée comme si
j'étais une femme du monde, mais je lui pardonne:
il mourait de faim, et, comme on ne lui a encore

donné ici que deux perdreaux, il m'a trouvé bonne
à mordre.

Le prince ne s'amusa pas aux bagatelles de la
conversation. Le second témoin attendait en fumant à la porte du café. Renozzi entraîna Myra
et les pria tous les deux de ne pas perdre une minute.

Lord d'Harfox devait être chez lui ; ce n'était
pas loin : rue Royale.

M. de Myra et le second témoin trouvèrent, en
effet, lord d'Harfox. Dès que M. de Myra eut dit
un mot, le marquis se mit à rire.

— Ah ! pardieu, s'écria-t-il, le prince a mis du
temps pour se fâcher, il a sans doute fait des armes avec sa femme depuis tout cet hiver.

Ce mot était cruel, car lord d'Harfox avait, au
château de la Roche-Noire, appris à la princesse
comment on manie une épée.

Cette curieuse insatiable, cette créature batailleuse avait voulu faire des armes avec lui, non-
seulement par distraction, mais pour mieux braver
sa destinée.

M. de Myra ne releva pas le mot, il parut très-
pressé d'en finir vite; il pria le marquis d'envoyer
ses témoins avant midi, si bien qu'on pourrait se
battre vers le soir.

X

BIEN TOUCHÉ

Le matin, on perdit deux heures en prélimi-
naires de combat, quoique lord d'Harfox
eût dit à ses témoins qu'il fallait tout accepter
pourvu que ce fût à l'épée.

Mais le second témoin du prince était un de ces
importants qui, parce qu'ils n'ont jamais tué personne, veulent prouver que ce n'est pas faute de
science. Il était tracassier sur tous les points.
Un peu plus, il eût ordonné au soleil de se cacher
sous un nuage, ou à la pluie de suspendre ses
gouttes.

En un mot, il avait pour axiome qu'il faut tuer
son monde en connaissance de cause.

— Je vous connais, dit M. de Myra, si un des adversaires était tué en dehors des règles par un coup de hasard, vous lui diriez qu'il faut recommencer.

Il était dix heures quand les voitures arrivèrent devant le parc désigné; il y avait huit personnes : les adversaires, les témoins, les médecins. On regarda autour de soi avant d'entrer.

— On ne voit personne, dit un des témoins.

— J'entends le galop d'un cheval.

— C'est l'heure des amazones égarées.

— Il ne faut nous inquiéter que des gardiens du bois.

— Ils sont allés déjeuner.

On entra; la porte se referma ; on était chez soi.

Le duel, dans ces conditions-là, est une partie de plaisir, tandis que le duel « sur la terre étrangère » est une abominable corvée.

Le prince était taciturne, tandis que lord d'Harfox était gai. C'est que le marquis était de ceux qui prennent gaiement toute chose. Il avait vécu dans les Indes, d'où il était revenu quelque peu fataliste. C'est encore la meilleure des philosophies pour vivre dans la belle insouciance des misères et des périls de ce monde.

Le prince ne s'était pas imaginé que lord d'Har-

fox irait là si gaiement ; il croyait que les Anglais
n'aimaient pas le duel. Peut-être avait-il espéré
que le marquis lui proposerait une partie de
boxe. Mais point : le marquis boxait en Angleterre et ferraillait en France en gentleman irré-
prochable.

— Nous sommes prêts, dit-il, en voyant que le
second témoin du prince n'en finissait pas d'exa-
miner les épées ?

— En garde, dit enfin le prince, impatient
même, quoique visiblement inquiet.

Un homme qui a l'habitude des hommes et qui
lit à livre ouvert dans les physionomies, eût jugé
tout de suite que Renozzi allait passer un mauvais quart d'heure.

Il avait quelque bravoure, mais je ne sais quel
sombre nuage était venu tomber sur son front et
sur ses yeux.

Était-ce la grande ombre de la mort ?

Il voyait trouble, il sentait la terre trembler sous
lui, il n'avait plus le juste sentiment de sa situation.

Était-ce bien lui qui allait se battre ? Cet homme
qui était en face de lui, n'indignait donc plus son
âme par la plus sanglante des injures ?

C'est là le malheur de tous ceux qui ne cultivent

pas dans leur cœur les nobles passions. A force de jouer au scepticisme devant la figure de l'honneur on n'est plus un homme d'honneur. A force de braver le devoir, on n'a plus la foi pour faire son devoir.

Quand on a décidé que la vie est une mauvaise plaisanterie, on n'est plus qu'un mauvais plaisant dans les actions de la vie, à moins qu'on ne soit doué d'une grande force d'âme, comme lord d'Harfox qui, lui aussi, riait de tout, mais qui avait fait aux Indes la guerre avec héroïsme et qui, à la Chambre des lords, parlait bien parce qu'il parlait de haut.

Cependant on était en garde. On ressentait l'émotion de l'entrée en scène.

Ce fut alors qu'une belle amazone, qui errait le long du mur oriental du parc, arrêta son cheval dans un petit massif d'arbres, d'où, en se soulevant un peu, elle entrevoyait les deux adversaires à quelques dizaines de mètres de là.

Cette amazone n'était pas myope, son regard allait loin; mais elle ne se contentait pas de ses yeux. Comme pour elle c'était un spectacle, elle avait pris une petite lorgnette de spectacle. Ce qu'elle voyait vaguement, elle le vit avec plus de précision, non pas sans peine, pourtant, puisque les combattants étaient protégés par un rempart de branchages.

Mais le mois de juin n'avait pas encore assez mis de feuilles aux branches.

La curieuse sembla reconnaître les deux adversaires.

Quoique l'émotion ne la trahît pas, elle retenait son souffle pour ne pas perdre une seule des passes par ses oreilles non plus que par ses yeux. Elle jugea que le marquis et le prince avaient dû se reposer après un premier jeu d'épée très-brillant du côté de lord d'Harfox, très-acharné du côté de Renozzi.

Le marquis était comme le chat qui joue avec la souris ; le prince était comme le soldat qui se jette aveuglément dans la mêlée, autant par entraînement que pour n'avoir pas l'idée de décamper.

Mais, à la seconde reprise, ce ne fut pas long. On entendit dans le parc le cri que poussa la belle amazone.

N'allez pas croire que ce fut un cri d'épouvante ou un cri de douleur.

Non, elle cria :

« — Bien touché ! »

Mot caractéristique, s'il en fut, car celui qui avait été frappé, c'était son mari.

Vous avez reconnu la princesse del Renozzi.

Vous me direz que cette femme est un monstre : je vous répondrai que je ne vous ai pas promis de ne peindre que des anges dans cette histoire — très-romanesque — mais très-vraie de page en page.

XI

DUEL SUR DUEL

E prince avait été touché au cœur, la princesse avait donc bien jugé le coup.

C'est qu'elle se connaissait en toute chose. On sait déjà qu'au château de la Roche-Noire elle avait voulu faire des armes avec lord d'Harfox qui lui avait dit au bout de trois semaines qu'elle était capable de tuer son homme.

Quand M. de Myra vit son ami tomber comme sous un coup de foudre, il s'approcha du marquis.

— Monsieur, lui dit-il, le coup est mortel; vous êtes de trop bonne maison pour ne pas me permettre de venger mon ami.

— Comme il vous plaira, répondit d'Harfox.

Un de ses témoins se mit entre les deux.

— Monsieur le vicomte, dit-il à M. de Myra, vous connaissez les lois du duel, le marquis n'a aucun tort envers vous, nous refusons le combat.

— Eh bien ! dit Myra en agitant son gant, je veux avoir tort envers le marquis.

Le second témoin s'approcha.

— Voyons, nous sommes ici chez un galant homme qui ne nous permettrait pas d'aller plus loin.

Mais le vicomte, furieux d'avoir été si mal à propos interrompu la nuit passée dans son duel avec la mort par ce pauvre prince qui ne croyait pas finir sitôt, agita une seconde fois son gant.

— C'est assez ! dit d'Harfox en se remettant en garde. — Voulez-vous changer d'épée ? dit-il à Myra.

Le vicomte, qui jusque-là voulait mourir, changea d'avis à ce mot.

Cette raillerie lui inspira l'idée de donner une leçon au marquis.

— Non, je garde l'épée de mon ami, dit-il en attaquant.

— Un instant ! un instant ! cria l'ami tracassier, qui faisait groupe avec les deux médecins autour de Renozzi, je veux savoir pourquoi on se bat ?

Mais on passa outre, sans vouloir l'écouter.

Myra, l'ami de tous les tireurs renommés, main de virtuose, épée d'enfer, ne parvint pourtant pas à inquiéter d'Harfox.

Ce diable d'Anglais avait je ne sais quoi de dominateur qui paralysait ses adversaires. Aussi, bien que le vicomte fît des prodiges, il fut frappé au bras dans une vaillante attaque.

Myra, qui avait ouvert la main malgré lui, laissa tomber son épée.

— Je vous demande pardon, dit d'Harfox avec une parfaite bonne grâce, je ne cherchais qu'à vous désarmer.

— Décidément, dit Myra furieux, je n'ai pas de chance. C'était une si belle occasion de rester sur le terrain.

Et il donna un coup de pied à cette épée qui venait de le trahir après avoir trahi Renozzi.

— Il ne me reste donc plus que mon revolver, dit-il tristement.

Il regarda l'heure à sa montre.

— O ma montre, dit-il pendant qu'on pansait son bras, combien d'heures marqueras-tu encore pour moi ?

. . . .

A cet instant, on entendit le galop d'un cheval, c'était la princesse qui partait en avant pour se commander vingt robes de deuil.

— Être veuve quand on est princesse, c'est beau, dit Mathilde. Mais que vais-je faire de Joinville ?

Et elle ajouta :

— Si j'allais encore aimer d'Harfox !

LIVRE IV

LE DEUIL DES CŒURS.

I

OU Mme TEMPLIER CONFIE A MADELEINE LE
SECRET DE SA VIE.

ES journalistes et les hommes politiques s'eni-
vrent du bruit qu'ils font. S'ils ont un duel,
ils ne le cachent pas ; c'est autant de gagné pour
leur cause, même s'ils sont battus ; mais les gens
du monde cachent leurs duels : à quoi bon mettre
le public dans la confidence de leurs faits et gestes ?
d'autant plus que c'est autant de perdu pour leur
dignité. Sur les deux combattants il y en a toujours un qui a tort, quand il n'y en a pas deux.
Est-ce bien la peine de confesser ses fautes à
son prochain ?

On s'était bien promis que le duel du prince del

Renozzi et du marquis d'Harfox resterait secret, mais on n'avait pas compté sur un personnage silencieux qui fait toujours beaucoup de bruit : la Mort.

Le jour même le tout-Paris savait que le mari de Mathilde avait été tué en duel par un amant de sa femme, quoique aucun journal n'en eût dit un mot.

C'est qu'il y a un journal du tout-Paris, qui ne s'imprime pas.

Mme Templier, qui n'était pas précisément du tout Paris, mais qui, grâce à ses filleules, connaissait un peu tout le monde, apprit le soir même la tragique aventure.

— Allons! allons! dit-elle, voilà encore des émotions pour cette pauvre Madeleine, il se pourrait bien tout à l'heure que nous ne puissions pas partir pour l'Italie.

Mme Templier avait çà et là des remords qui l'agitaient et lui donnaient la fièvre. Elle s'imaginait que tout ce qui survenait de triste à ses trois filleules, c'était par sa faute ; elle n'en était pas encore arrivée à cette pensée que Dieu unit dans la balance éternelle les joies et les peines. Quel que soit le rôle qu'on joue sur la terre, prince ou chiffonnier, duchesses ou gardiennes de dindons, le soleil luit pour tout le monde, comme les noires nuées passent sur tous les fronts.

La ci-devant sage-femme, qui adorait Madeleine, qui l'aimait comme sa fille et comme son rêve, qui la prenait à toute heure dans ses bras comme si elle eût peur de la perdre, ne lui avait jamais ouvert son cœur pour lui dire toute la vérité. Ce terrible secret qui datait de vingt ans, elle ne l'avait jamais confié qu'à demi, même à M. Templier.

Ce soir-là, elle résolut de tout dire à Madeleine : il fallait que son cœur éclatât. Elle s'enferma avec la jeune fille, pendant que M. Templier faisait sa promenade quotidienne de l'Arc de Triomphe à l'Obélisque. Elle commença par pleurer ; Madeleine lui prit les mains et l'embrassa, tout en lui demandant pourquoi elle pleurait.

— Je pleure, lui dit-elle, parce que je suis bien coupable envers toi. J'ai toujours attendu pour te faire ma confession, mais je n'y résiste plus. Si tu me juges indigne de ton cœur, tu ne m'aimeras plus. Je ne m'en consolerai pas, mais tant pis pour moi.

— N'ayez peur, ma marraine. Je serai toujours votre filleule et votre fille.

A ce dernier mot, Mme Templier pleura de plus

belle, mais elle reprit bientôt sa gaie et lumineuse figure, vaguement attristée ce soir-là.

— Figure-toi, ma chère Madeleine, que si je n'avais pas dormi comme une brute un certain jour, il y a vingt ans, tu ne serais pas là.

— Eh bien, ma marraine, vous avez bien fait de dormir.

— Non, car tu es née duchesse, et tu vivrais dans un château ou dans un palais.

— Je commence à comprendre, dit Madeleine.

Elle se rappelait l'apparition de la duchesse de Marigny au château d'Arvers. Mais elle ne voulait pas interrompre Mme Templier, qui lui conta ainsi l'histoire très-rapidement.

— Écoute-moi bien, Madeleine, tu sais déjà que j'étais sage-femme tout près d'ici, rue de Ponthieu. On fait ce qu'on peut. J'avais chez moi des accouchées de toutes les paroisses. Un soir, ton ami le marquis d'Armeville me vint surprendre au moment où j'avais trois personnes plus ou moins en mal d'enfant. La première était une comtesse anonyme, la seconde une comédienne, la troisième une provinciale. L'actrice et la comtesse venaient de mettre au monde deux filles; la provinciale avait accouché la veille d'un garçon. Le marquis d'Armeville, pour une raison qui est toujours mystérieuse pour moi, vint me chercher en me parlant d'une substitution d'enfant...

Ici, comme si Mme Templier fût effrayée de confier son secret, elle s'arrêta court et regarda Madeleine.

— Je te dis tout. Tu ne me trahiras pas ?

Madeleine lui répondit par un simple serrement de main.

— Il fallait un héritier mâle au duc de Marigny, sa femme allait accoucher, elle pouvait mettre au monde une fille, on voulait lui substituer un garçon. Cette provinciale, qui était accouchée d'un fils, le destinait aux Enfants trouvés. Je trouvai tout simple d'offrir ce pauvre innocent à M. d'Armeville, qui accepta tout de suite ; le premier venu faisait son affaire, pourvu toutefois que ce ne fût pas l'enfant d'une misérable. Il m'emmena je ne sais où, car il ne me l'a jamais dit ; il n'alla pas jusqu'à me mettre un masque, comme en ces sortes d'histoires, mais la route fut toute mystérieuse, d'autant plus que c'était au beau milieu de la nuit. Nous arrivons au château ou au palais, ou à la maison de campagne. Je ne sais plus, c'était peut-être tout simplement à l'hôtel Marigny, puisque cet hôtel a un grand jardin.

Je fus conduite par le duc lui-même au lit de la duchesse. C'était bien la plus adorable des créatures, tu n'en douteras pas quand je te dirai que c'était ta mère, un ange dans une femme, la douceur dans la beauté. Elle souffrait avec un sourire de toutes les douleurs de l'enfantement.

Enfin, elle te mit au monde...

En disant ces mots, Mme Templier fit le signe de la croix avec une émotion si vraie, avec un sentiment si religieux que Madeleine se sentit plus chrétienne encore qu'elle ne le croyait.

— Voilà ! on attendait un fils, on eut une fille ; ce fut alors que nous jouâmes cette comédie de la substitution ; il y avait là quelques personnages qui y furent trompés, je n'en doute pas. — Pourquoi ces personnages ? Est-ce parce qu'en ce temps-là il y avait à Paris quelque roi ou prince déchu qui espérait reconquérir son royaume ou sa principauté ? Le duc de Marigny était-il un héritier direct ou indirect, ou bien ces personnages étaient-ils de simples amis qui se trouvaient là par aventure ? Je ne le crois pas. Je crois bien plutôt à quelque mystère politique, à moins qu'il n'y eût une grande fortune en jeu. Tu sais, on a vu des testaments si étranges. Il y a des entêtés qui veulent que leur bien aille à tel nom et non à tel autre. Quoi qu'il en soit, tu étais venue au monde, et c'est le fils de la provinciale qui fut salué l'enfant de ta mère... C'est là mon crime...

Mme Templier fut suffoquée par les sanglots.

— Continuez, lui dit Madeleine d'une voix douce.

— On a fait une forte bêtise ce soir-là, il fallait dire que la duchesse était accouchée de deux enfants, mais cette idée si simple ne nous est venue que trop tard à moi et au marquis d'Armeville.

— Comment le duc et la duchesse de Marigny n'y avaient-ils pas songé ?

— Quand on improvise une comédie, il y a toujours des loups, comme on dit au théâtre. Enfin on n'avait pas pensé à ça, et on me chargea d'enlever cette pauvre petite fille que la mère devait me reprendre au bout de quelque temps. Mais Dieu ne le voulut pas, la pauvre femme fut la première punie, elle mourut des suites de couches par la fièvre de lait.

Le cœur de Madeleine battait bien fort. A son tour, elle fit le signe de la croix en murmurant : « Ma mère. »

— C'est pourquoi tu me restas, Madeleine. Mais c'est là que commence mon vrai crime. Je l'ai con-

fessé au marquis d'Armeville, mais je n'ose encore
le dire à toi-même. Je t'ai rapportée chez moi
comme un trésor confié, avec l'idée de ne pas te
quitter un instant, de veiller sur toi comme une
mère. Et voilà qu'en arrivant, comme je mourais
de sommeil, je te donne à Thérèse et je me jette
sur mon lit. Quand je me suis réveillée deux
heures après, cette folle que tu connais bien vous
avait mises toutes les trois toutes nues sur son lit
après vous avoir baignées...

— Je devine, dit Madeleine, vous ne m'avez pas
reconnue.

—Oui, j'ai eu beau chercher des yeux et du
cœur. J'ai eu beau vous prendre tour à tour. J'ai
eu beau prier Dieu, vous étiez blondes toutes les
trois, je ne t'avais vue que la nuit, j'ai perdu la
tête, je n'ai pas su la vérité. Je ne te parle pas de
mon désespoir. Au bout d'un an, quand le duc
de Marigny, qui portait encore le deuil de sa
femme, — il le porte toujours, — vint te demander pour te prendre avec lui, pour se consoler dans
son malheur, je lui donnai Mathilde... triste consolation... Tu comprends, ma pauvre Madeleine,
que je n'ai pas vécu un seul jour sans remords.
Mais mon remords a été bien plus terrible quand
nous sommes allées par hasard au mariage de

Mathilde, quand le marquis d'Armeville, te voyant passer à Sainte-Clotilde, s'écria : « C'est celle-là qui est la fille du duc, car c'est le portrait vivant de la duchesse. » Il était trop tard ! le duc avait donné ses millions à Mathilde. Comment lui dire : « Nous vous avons trompé sans le vouloir, mais nous vous avons trompé ? »

La ci-devant sage-femme se tut.

Toute autre que Madeleine se fût indignée contre cette folle qui l'avait ruinée ; mais la jeune fille lui dit avec son adorable douceur :

— Croyez-vous donc que je serais plus heureuse avec des millions, mariée peut-être à un homme que je n'aimerais pas ?

— O ma chère Madeleine, reprit Mme Templier, Dieu m'est témoin que j'ai tout fait pour ton bonheur. Dès que je me suis aperçue que mon fatal sommeil vous avait confondues toutes les trois, j'ai juré que je consacrerais ma vie à vous trois, aimant la première comme la seconde, la seconde comme la troisième. Voilà pourquoi je vous ai surnommées *mes trois duchesses*. Tu m'es restée avec Léonie, toi la plus belle, toi la meilleure ; vous avez été la vraie joie de ma vie, car Léonie a été charmante comme toi, jusqu'au jour où elle s'est envolée. Si elle m'a fait du chagrin, c'est sans

le vouloir. Et maintenant, qu'arrivera-t-il ? Le
duc de Marigny voudrait toujours t'avoir auprès
de lui ; mais à quel titre ? Nous n'oserons jamais
lui dire que tu es sa fille, non-seulement pour ne
pas briser son cœur par les regrets, mais aussi
dans la peur de Mathilde ; il faut tout craindre
d'une nature aussi perverse et aussi ombrageuse.

Madeleine penchait tristement le front.

— C'est bien étrange, dit-elle à sa marraine,
que vous ayez choisi la plus mauvaise des trois
pour la donner à mon père !

I I

LE SECRET DE MADELEINE

Mme Templier baissait la tête.

— Mathilde était la plus éveillée des trois, je la croyais de meilleure maison...

— N'en parlons plus ! Je vous jure, ma marraine, que je sacrifierai tout au duc de Marigny. Je ne voulais plus retourner chez lui à cause des folies de Mathilde, mais, quoi qu'elle fasse, je passerai sur tout pour voir mon père ; il aime beaucoup m'entendre chanter. J'aime mieux ne chanter jamais que pour lui seul que de n'être pas là s'il m'appelle.

— C'est bien cela, dit Mme Templier, qui avait mouillé deux mouchoirs.

— La mère de Mathilde l'avait donc abandonnée? lui demanda Madeleine.

—J'oubliais de te dire que sa mère est une femme
du monde qui avait toutes les raisons pour cacher
à son mari qu'elle était devenue mère; elle m'avait
promis de venir prendre sa fille, mais elle n'est
revenue qu'il y a un an. Naturellement je lui ai dit
que sa fille était aux Enfants trouvés, sans quoi il
m'eût fallu vous livrer l'une ou l'autre, puisque je
ne pouvais pas lui livrer Mathilde. Ç'a été la même
histoire avec la comédienne, qui est, à n'en pas
douter, la mère de Léonie. Ce n'est pas tout :
voilà le bouquet. J'ai appris aujourd'hui même
par M. d'Armeville que le prince Trivulzio, qui
avait enlevé Léonie, était le fils de la provinciale,
si bien que lorsque le prince est venu avec nous
à Orléans il a vu juger sa mère, accusée d'avoir
tué son père. Ce jour-là, j'avais bien peur, en dé-
posant comme témoin, d'être retenue sur le banc
des accusés ; enfin, Dieu a été juste, les juges ont
acquitté cette pauvre femme, mais le ciel ne lui a
pas pardonné, car elle cherche toujours son enfant.

— Dans tout ceci, dit Madeleine, je n'ai qu'un
seul regret, c'est que ma mère soit morte.

Elle conta à Mme Templier comment dans une

nuit de solitude au château d'Arvers, pénétrant dans la chambre de la duchesse pour trouver des bougies, elle avait cru voir la jeune femme assise au coin de la cheminée, toute blanche dans un vêtement tout noir ; elle avait même cru entendre parler la jeune femme, qui, en lui disant : « Je suis ta mère, » lui avait recommandé de ne pas épouser le prince Trivulzio. C'est qu'elle avait sans doute, au delà du tombeau, le remords de cette substitution.

— Eh bien alors, dit Mme Templier, c'est peut-être heureux que le prince Trivulzio ait enlevé Léonie, parce que Léonie a creusé un abîme entre vous deux.

— Moi aussi, je te ferai ma confession, dit Madeleine à sa marraine.

— J'écoute.

Madeleine porta à son cœur la main de Mme Templier.

— Ce petit cœur de ta filleule, qui ne battait que pour toi, est pris par quelqu'un que tu ne connais pas et que je connais à peine...

— Je le voyais bien à ta pâleur.

— Je n'en veux pas du tout à Léonie de m'avoir enlevé le prince Trivulzio, quoiqu'il fût éperdument amoureux de moi, mais je ne pardonne pas à Mathilde de m'avoir enlevé le seul homme qui ait touché mon cœur jusqu'aujourd'hui.

— Qui donc?

— Je te le montrerai si jamais nous le rencontrons; mais c'est fini : la princesse porte gaiement le deuil de son mari, moi, je porte tristement le deuil de mes espérances !

III

OU Mlle MARIA DÉMASQUE SES BATTERIES

PRÈS avoir dit son fameux mot, — bien touché, — quand elle vit son mari frappé au cœur par lord d'Harfox, la princesse partit au galop, pour revenir en toute hâte à Paris. Son valet de pied, dont le cheval était ombrageux, eut toutes les peines du monde à la suivre, — même à distance.

Quoique la princesse pensât beaucoup à ses robes de deuil, elle n'alla pourtant pas tout droit chez Worth ; elle voulait consulter Mlle Maria sur les devoirs du veuvage.

D'ailleurs il fallait bien qu'elle fût là pour le retour du prince ; elle pensait vaguement à la co-

médie qu'elle jouerait quand M. de Myra viendrait, tout pâle, lui dire : « Le prince a été tué
en duel. »

Elle éclaterait en sanglots pour ne pas être obligée de pleurer ; elle s'enfermerait dans sa chambre ; elle refuserait toute espèce de consolation.

Superfluités !

En rentrant à l'hôtel, elle s'étonna de ne pas
voir Mlle Maria, qui l'attendait toujours avec
toutes sortes de mines souriantes.

— Où est donc Mlle Maria ? demanda-t-elle à la
seconde femme de chambre.

— Mlle Maria, madame la princesse, est allée à
ses affaires.

— Qu'est-ce que cela veut dire?

— O madame ! Maria est une mystérieuse. Je
ne sais rien.

— Parlez, vous savez tout, vous n'êtes pas si
bête que vous en avez l'air.

— Puisque madame la princesse me comprend,
je vais parler. Mais d'abord je demanderai à madame la princesse si elle me garderait comme première femme de chambre, n'ayant plus Maria.

— Maria ne me quittera pas.

— Maria est dans ses meubles.

— Dans ses meubles, vous voulez dire dans

mes meubles! car je lui donne assez d'argent. Si
ça l'amuse...

— Mieux que cela, madame la princesse, Maria
qui faisait la bégueule a trouvé un sort, elle ne savait comment avertir madame.

— Un sort? expliquez-vous.

La seconde femme de chambre conta à la princesse comment Maria avait tourné la tête à un
boursier qui faisait des folies pour elle. Cet homme
avait la main heureuse pour détrousser ses clients,
si bien que Maria était déjà toute habillée de billets de banque. Une orgie d'argent comptant! la
princesse piétinait d'impatience et de fureur.

— Quoi, dit-elle en éclatant, je perds du même
coup mon mari et ma femme de chambre ?

C'était la femme de chambre qu'elle regrettait.

Elle regarda Mⁿᵉ Juliette.

— Non, dit-elle, ce n'est plus ça.

Maria était une femme de tête qui pouvait tout
comprendre.

Juliette avait peut-être été à bonne école, mais
elle avait une figure de rosière; jamais elle ne serait au diapason de la princesse dans la question
des hautes roueries de femme.

— C'est égal, dit Mathilde, il me faut Maria
tout de suite.

Il semblait que tout dût obéir à ce despote en jupon.

Mlle Maria, qui était sortie, montra son museau de renard plus rayonnant que de coutume.

— Ah! c'est vous, Maria, passez vite dans ma chambre, pendant que Juliette ira chercher M. d'Armeville.

Dès que la princesse fut seule avec Maria, elle poussa le verrou doré et lui dit en toute hâte :

— Vous prenez bien votre temps, pour faire des vôtres ; vous saurez que le prince est mort.

— Le prince est mort ?

— Oui, tué en duel par lord d'Harfox.

— C'était écrit !

— Il lui a donné un coup d'épée de la plus belle main ; voilà ce que c'est que de jouer avec son honneur.

— Oui, répondit Mlle Maria, il est bien avancé !

— C'est son affaire.

— J'ai toujours dit qu'un mari qui se battait avec l'amant de sa femme ne faisait que souligner sa mésaventure.

— Voyons, Maria, vous n'allez pas me laisser seule dans mon chagrin.

— Mais qui a pu dire à madame...

— Je sais tout. Je sais toujours tout. Vous avez

trouvé un sort. Je ne vous en fais pas mon compliment, mais enfin chacun va à l'abîme. Vous n'étiez pas née pour chanter les matines ; vous avez mal commencé, vous devez mal finir ; c'est votre destinée, mais vous me donnerez au moins vos huit jours.

Mlle Maria prit la figure la plus aimable :

— Comment donc, mais je serai toujours aux ordres de madame la princesse.

Mathilde leva la tête avec une dignité quelque peu théâtrale.

— Mademoiselle Maria, vous imaginez-vous que je vais vous prendre comme amie ?

La femme de chambre, qui n'avait peur de rien, releva elle-même la tête.

— Oh ! je ne vais pas si loin, mais enfin, on a souvent besoin d'une plus petite que soi, surtout quand on ne chante pas les matines.

Mathilde se contint, car un mot de plus Mlle Maria la plantait là.

Quoiqu'elle fût à toute autre pensée, elle regarda sa femme de chambre, comme pour chercher l'explication de sa soudaine fortune.

Cette fille n'était pas belle, mais elle avait, comme on dit, du je ne sais quoi : Une vraie figure parisienne, sans rectitude, expressive et ondoyante,

variant à chaque mot, comme le ciel les jours agi-
tés, de petits yeux noirs jetant feu et flammes,
une bouche trop mince, mais de belles dents, si
on a de belles dents avec deux crocs de chien dans
les incisives, des joues incolores relevées par la
poudre de riz, le vrai nez à la Roxelane, avec ses
intentions insolentes et spirituelles.

Presque toujours on passe devant ces figures-là ;
mais si on s'y arrête on est perdu, parce qu'on est
entré dans le combat de l'amour. Ces femmes-là
ne lâchent pas prise, ce sont des batailleuses qui
réussissent toujours parce qu'elles risquent tout.

Il y avait bien quelque ressemblance entre la
maîtresse et la servante, à cela près que Mathilde
avait un grand air et que Maria avait une mine
chiffonnée ; que Mathilde ne commandait pas à
ses passions et que Maria dominait les siennes,
afin de les mener à bonne fin.

— Après tout, se dit à elle-même la princesse,
je ne vois pas pourquoi cette fille ne se perdrait
pas comme tant d'autres : elle est assez gentille
pour cela.

— Madame la princesse voulait me parler, dit
Maria, qui s'étonnait du silence de Mathilde.

— O mon dieu ! mademoiselle, maintenant
que vous travaillez pour votre compte...

14.

— Ah! madame la princesse ne sait pas combien je l'aime. Je sacrifierais tout pour elle, même ma fortune !

Maria prononça ce mot comme si elle fût millionnaire de naissance.

Mathilde s'était radoucie, car elle sentait que Maria l'aimait bien.

— Eh bien! Maria, que pensez-vous que dise le duc de Marigny? Vous êtes un peu pour moi l'opinion publique. Que dira-t-on de ce duel? m'accusera-t-on ?

— Pourquoi accuserait-on madame? Nul ne sait, hormis madame et moi, que le marquis d'Harfox et M. Joinville font deux; on dira que le marquis et le prince se sont battus en duel pour une querelle de club. Ils sont joueurs tous les deux comme les cartes... C'est le roi de pique qui a défié le roi de trèfle... voilà tout.

— Il n'y a pas que vous et que moi seulement qui sachions que d'Harfox et Joinville font deux, il y a Madeleine, car j'ai beau vouloir me faire des illusions, Madeleine nous a vus dans le jardin Joinville et moi.

— Peut-être.

— A propos, il faut qu'elle vienne ! faites atteler le coupé et allez me la chercher.

— Elle ne viendra pas, madame.

— Comment! elle ne viendra pas.

— Non. Je sais déjà...

Les mots s'arrêtèrent sur les lèvres de Maria.

— Voyons, que savez-vous?

— Je ne veux pas faire de chagrin à madame.

— Parlez.

— Oui. J'aime mieux tout dire. Je sais déjà que Mlle Madeleine ne viendra plus ici.

— Et pourquoi donc?

— Parce que Mlle Madeleine aimait M. Joinville.

— Qui vous a dit cela?

La femme de chambre se tut.

Mathilde pensa qu'en effet Madeleine aimait Joinville. La jeune fille cachait son cœur, mais la princesse s'était aperçue plus d'une fois que l'expression de sa figure trahissait son amour; elle ne pensait pas, d'ailleurs, que ce fût sérieux.

— Vous êtes bien sûre de ce que vous dites, Maria?

— Oui, madame : Mlle Madeleine a été blessée au vif par votre rencontre au jardin avec M. Joinville. Vous verrez qu'elle ne reviendra pas.

— Elle reviendra, seulement je crois qu'elle part ce soir pour l'Italie; voilà pourquoi il vous faut courir chez elle. Vous lui direz le malheur qui me frappe, elle ne pensera plus à Joinville, elle viendra m'embrasser.

Maria obéit, tout en pensant qu'elle perdrait son temps.

Elle n'était jamais allée chez Madeleine, mais elle avait si bien travaillé, qu'elle connaissait la femme de chambre de la maison.

Cette fille était une autre Maria, qui cachait mieux son jeu ; on ne lui disait rien, mais elle savait tout, parce qu'elle avait l'art de lire les lettres, d'écouter à table, d'interpréter les physionomies. Et d'ailleurs, quelque fière que fût Madeleine, elle avait certains quarts d'heure d'abandon où sans rien vouloir confier elle disait pourtant quelque chose. Il y a des moments où les femmes parlent tout haut, malgré elles.

Quand Mlle Maria se présenta chez Mme Templier, Madeleine, qui sentit le message, dit qu'il ne fallait pas la recevoir.

Elle comprit que Mathilde l'envoyait en ambassade pour la ramener vers elle ; mais Mlle Maria entrait déjà dans le salon, comme une suivante de princesse qui va chez des bourgeoises et qui ne veut pas attendre dans l'antichambre.

Madeleine était au piano, elle tourna la tête

vers Mlle Maria d'un air sévère, presque farouche.

— Que me voulez-vous, mademoiselle?

— Le coupé est en bas, la princesse vous attend.

— Dites à la princesse que je pars tout à l'heure pour l'Italie.

— Mais, mademoiselle Madeleine ne sait pas que le prince a eu un duel...

Madeleine pâlit.

— Ah! mon Dieu! pensa-t-elle, il se sera battu avec Joinville.

Un peu plus elle demandait à la femme de chambre si le jeune peintre n'était pas blessé.

— Un duel terrible, reprit la femme de chambre, qui jouait bien son jeu cruel, car il y a eu mort d'homme.

Madeleine s'était levée, elle tomba à demi évanouie sur le canapé en murmurant « Joinville. »

Mlle Maria, qui était une femme de ressources, lui mit sur les lèvres un flacon de sels anglais.

— Rassurez-vous, mademoiselle, le prince est tué.

Madeleine qui revint à elle sembla dire par l'expression de sa figure : Dieu soit loué.

— Eh bien, pensa Maria, je ne me trompais pas. Jusqu'à présent je doutais encore, mais maintenant je suis renseignée : elle aime Joinville. Et elle l'aime à s'en trouver mal.

Après un silence, elle dit à Madeleine :

— Maintenant, mademoiselle, maintenant que vous savez l'irréparable malheur de la princesse, vous allez venir avec moi.

Madeleine se sentit plus jalouse encore.

— Non, je n'irai pas, dit-elle d'une voix haute et brève.

IV

LES DEUX PASSIONS DE LA PRINCESSE

ADEMOISELLE Maria revint donc sans Madeleine chez la princesse. Il y avait grand émoi dans l'hôtel. M. de Myra, accompagné d'un des médecins, venait de ramener le prince.

Naturellement la princesse sanglota. Que dis-je ? elle pleura, elle qui ne croyait pas trouver de larmes pour son mari.

Elle le voulut voir. Cette pâleur de la mort lui prouva qu'il n'y avait pas de force humaine contre le mystère du tombeau. Ce prince qui l'avait toujours impatientée dans son sourire perpétuel tout autant que dans ses colères d'enfant gâté, lui apparut beau dans la blanche auréole de la mort :

il semblait qu'il eût pris une dignité de circonstance.

Le duc de Marigny, qui avait Renozzi en médiocre estime, prit Mathilde dans ses bras pour la
consoler.

— Oh! je suis toute consolée, lui dit-elle.

Le duc trouva que c'était un peu tôt.

Survint d'Armeville qui serra la main du mort
en signe de dernier adieu, comme on serre la main
à un ami qui part pour un long voyage. Il ne l'aimait guère, mais il avait vécu avec lui en intimité
à l'hôtel du duc, il voulait être galant homme jusqu'au bout.

— Allons, allons, dit Mlle Maria après le défilé
des amis et des serviteurs, il n'y a encore que
Mlle Caroline de Jenesaisquoi qui soit capable de
lui faire son oraison funèbre.

Mais il y a ceci de curieux c'est que ces demoiselles, qui tiennent tant de place dans la vie
des grands de ce monde, ne sont jamais de leurs
funérailles. C'est que la mort est trop sévère pour
ne pas balayer de son seuil ces dames des menus
plaisirs. Il faut mettre, ici-bas, chaque chose à sa
place : il n'y a pas d'adultère dans la tombe.

Le prince eut des funérailles de prince, quoiqu'il n'eût rien fait pour cela.

La princesse, qui ne le noya pas sous les pleurs
l'étouffa sous les fleurs : le char funèbre était un
jardin.

Elle le regarda partir d'une des fenêtres de l'hôtel. Comme ce jour-là le soleil rayonnait sous un
ciel bleu, elle dit à Maria le mot connu :

— Le prince aura beau temps pour son voyage.

Après quoi elle alla à son piano pour lui chanter un *Miserere;* mais je ne réponds pas que dans
les variations elle n'attrapât de ci de là des airs de
valses.

— C'est étonnant, dit-elle à Maria, Joinville
ne m'a pas encore écrit.

— Il est peut-être à l'enterrement, madame,
car je suis sûre qu'on lui a envoyé une lettre de
faire part.

Et après un silence, Mlle Maria, qui avait son
franc parler, continua ainsi :

— Voyez-vous, madame...

— Appelez-moi princesse : car il me semble
déjà que je ne suis plus princesse.

— Plus que jamais. Et vous serez princesse
jusqu'au jour où vous aurez le malheur de vous
laisser prendre par un monsieur comme Joinville. Alors vous serez encore princesse pour vos

gens, mais dans le monde vous serez Mme Joinville.

— Êtes-vous assez bête, Maria ! Je puis bien me
laisser faire mon portrait par Joinville, mais c'est
tout.

A ce mot « faire mon portrait, » Maria sourit.

— Je vous vois venir ; vous retomberez sous
les fers de lord d'Harfox ; vous abdiquerez votre
titre de princesse pour un nom de lady et pour
un titre de marquise. Oh ! pour cela, je vous donne
mon consentement, car si lord d'Harfox n'est
pas un prince, c'est un homme : je m'y connais,
moi.

— Vous êtes tout à fait bête, ma pauvre Maria ! Un homme qui a tué mon mari ne peut pas
m'épouser.

— Ce n'est pas une raison, mais le marquis a
des principes ; il prend les femmes des autres,
mais il ne les épouse pas.

— Oh ! si je voulais.

— Il faut vouloir, madame, le monde est aux
femmes de volonté, surtout quand elles sont princesses, surtout quand elles sont belles.

— Je vais passer huit jours dans l'ennui le
plus profond, reprit la princesse en se promenant

devant le piano. Je ne verrai pas une seule visite.

— Oui, mais madame la princesse recevra des lettres.

— Tout justement, je viens de voir un valet de pied qui mettait un pli chez le concierge. Allez tout de suite voir si c'est pour moi.

Mlle Maria revint bientôt présentant une lettre sur un plat d'argent.

— C'est de d'Harfox, dit la princesse en pâlissant.

Elle prit la lettre et la jeta à ses pieds.

— Je ne la lirai pas.

C'était comme un sacrifice à la mémoire de son mari; mais Maria, qui connaissait bien sa maîtresse, ramassa la lettre et la présenta à Mathilde avec une gravité de comédie.

— Voyez-vous, madame, il ne faut jeter les lettres qu'après les avoir lues.

— Je ne la lirai pas, dit encore la princesse.

Cette fois elle jeta la lettre sur la cheminée.

Mlle Maria avait apporté quelques autres lettres publiées chez le concierge, à cause de la cérémonie.

— Eh bien, madame la princesse, amusez-vous avec celles-ci, dit-elle en éparpillant les autres lettres sur le plat d'argent.

— Il y en a une de Joinville! dit Mathilde.

Ce fut le même manége : elle prit le billet de Joinville et le jeta à ses pieds; pour Mlle Maria, ce fut aussi le même jeu : elle ramassa la lettre de Joinville et la représenta à la princesse.

— En vérité, madame, je voudrais bien savoir ce que peut vous écrire M. Joinville, car enfin il joue dans tout ceci un singulier rôle; ce n'est pas lui qui a tué le prince, mais c'est grâce à lui que le prince est mort : s'il s'était battu, c'est peut-être pour lui qu'on chanterait le *de profundis.*

La princesse le prit de haut.

— Mademoiselle Maria, M. Joinville est un brave cœur et un brave homme; si le prince lui eût marché sur le pied, vous auriez vu comme il se serait conduit.

— Je n'en doute pas, madame, mais c'est M. Joinville qui vous a marché sur le pied.

Mathilde se mordit les lèvres, un peu plus elle jetait Maria à la porte; mais il y avait trop long-temps qu'elle faisait bon marché de sa dignité avec cette fille. Depuis le jour où elle était descendue jusqu'à lui faire des confidences et à lui demander des conseils, sous prétexte que c'était le génie de l'expérience, elle n'avait plus le droit de faire des façons avec sa femme de chambre. Et

uis, ne l'avait-elle pas élevée au titre de gouver-
ante de la maison ? Un peu plus elle l'eût fait
îner à table !

Elle n'alla pas pourtant jusqu'à se défendre de-
ant le tribunal d'une servante. Elle se contenta
e dire à Maria :

— Laissez-moi, je veux être seule.

Maria vit bien qu'elle avait blessé Mathilde,
ais, dans son impertinence, elle murmura entre
s dents :

— Oh! oui, il faut bien que la princesse verse
ne larme sur la lettre de lord d'Harfox, et une
rme sur la lettre de Joinville; on appelle ça
eurer son mari.

Dès que Maria fut sortie, la princesse poussa le
rrou de sa chambre, comme si Joinville et d'Har-
x fussent là. Elle prit leurs lettres et les regarda
ne après l'autre, comme pour deviner ce qu'elles
nfermaient : il y avait peut-être dans chacune
e page de sa destinée. Elle remarqua que, —
ns doute pour se conformer à sa triste pensée, —
s deux amoureux avaient mis le cachet noir sur
cadre noir.

Elle commença par la lettre de d'Harfox, non
s comme un cueilleur de cerises qui prend d'a-
rd la meilleure, mais comme un gourmand qui

garde le meilleur morceau pour la bonne bouche
Voilà donc la lettre du marquis :

       « Madame,

   « Dieu m'est témoin que je ne voulais pas frap-
« per ainsi le prince del Renozzi. J'espérais n
« lui donner qu'une leçon d'armes. Je puis dir
« que c'est lui qui s'est frappé avec mon épé
« dans son affolement. C'est la dernière fois qu
« je me bats avec un méridional, car avec ce
« hommes-là les épées ne sont jamais égales. Il
« violent toutes les lois du duel par leur empor-
« tement. Il faut que le duel soit un art, sinon
« c'est une boucherie. Je suis au désespoir, ma-
« dame, de cette catastrophe qui vous jette, vous
« et les vôtres, dans un deuil si imprévu. Dieu
« seul console. Si je pouvais donner ma vie pour
« sécher une de vos larmes, ce sacrifice serait
« bientôt accompli ; mais je n'y puis rien ! Et
« d'ailleurs, s'il y a quelque chose qui console
« après Dieu, c'est de pleurer.

   « Je mets, Madame, tous mes regrets à vos
« pieds.

                « Lord d'Harfox. »

La princesse remit la lettre du marquis sur la cheminée.

— Il se moque de moi, dit-elle, car il sait bien que je ne pleure pas. Il n'y a pas dans toute cette lettre un seul mot parti du cœur; ce n'était pas la peine de prendre la plume. Voyons si Joinville écrit d'une meilleure encre.

« Madame la princesse,

« Je n'ai pas le courage de chercher des phrases
« pour mettre à vos pieds toutes mes désolations.
« Je sens bien que votre deuil va fermer votre
« porte à tous vos amis. Je n'espère pas pouvoir
« continuer votre portrait avant quelques se-
« maines. Je pars pour l'Italie, mais je serai de
« retour le mois prochain, toujours à vos ordres
« si vous m'appelez; du reste, rien ne s'impro-
« vise dans l'art : plus on s'attarde dans un ta-
« bleau plus on risque de le bien faire. Vous sa-
« qu'à la prochaine Exposition je veux que votre
« portrait soit digne de vous. Mais je me demande
« non sans inquiétude si dans votre deuil vous
« me permettrez d'exposer cette figure qui serait
« ma renommée.

« Veuillez agréer, princesse, l'expression de
« mes plus respectueuses sympathies.

« JOINVILLE. »

— Des phrases, des phrases, s'écria la princesse.
Il avait dit qu'il n'en chercherait pas; il paraît
qu'il en a trouvé tout de même.

Elle se mit au piano et joua le *De Profundis.*

— Ce n'est pas seulement le *De profundis* de
mon mari, dit-elle tristement; c'est le *De profundis* de mes amours, car d'Harfox et Joinville
ne me reviendront pas. Je suis peut-être encore
près d'eux, mais ils sont bien loin de moi.

Quand le piano eut retenti sous le dernier glas,
la princesse se frappa le front.

— C'est cela, dit-elle, soudainement illuminée,
Joinville part pour l'Italie pour suivre Madeleine,
Maria a toujours raison.

Elle rappela sa femme de chambre.

— En avant, Maria, lui dit-elle, il ne faut pas
encore descendre au tombeau, la vie est une bataille, en avant!

Maria pensa que sa maîtresse était un peu folle,
mais comme jusque-là, quoiqu'elle eût servi beaucoup de femmes, elle n'avait pas encore rencontré

la sagesse, elle jugea que la princesse n'était pas beaucoup plus folle que les autres.

— C'est, dit-elle, une femme qui se défend.

Pour Mlle Maria, il y avait deux sortes de femmes, celles qui piétinent et celles qui se laissent piétiner. Naturellement, Mathilde ne se laissait pas piétiner.

— Maria, reprit la princesse, vous irez chez M. Joinville, et vous lui direz que je veux prendre une dernière séance avant son départ.

La seconde femme de chambre rentrait alors.

— O madame la princesse, si vous saviez quelle belle cérémonie!

— Oui, oui, dit la princesse, je connais ça; il y avait là tout Paris.

— Oh! non, il n'y avait pas tout Paris, car je n'ai jamais vu si peu de monde à une première classe. Après ça, il fait si chaud!

— Qui avez-vous remarqué?

— Ces messieurs qui viennent ici.

— Y avait-il des femmes?

— Oui, des curieuses. J'en ai vu une qui pleurait...

La princesse se tourna vers Maria.

— Je suis bien sûre que c'est Mlle de Jenesaisquoi.

II.   15

— Je n'en doute pas, dit Maria. Elle a dit qu'elle accompagnerait son prince jusqu'à Naples.

— Eh bien ! s'écria Mathilde, qu'elle aille se faire enterrer avec lui, et qu'on n'en parle plus.

— Par malheur pour la princesse, on devait encore parler de Mlle de Jenesaisquoi.

Cette demoiselle accompagna la dépouille du prince del Renozzi jusque dans son château des Calabres. Il semblait qu'on l'eût payée comme ces pleureuses qui, en Italie, suivent les corbillards avec toutes les expressions du désespoir.

Dans le château en ruines du prince, les trois ou quatre vieux serviteurs accueillirent Mlle de Jenesaisquoi comme si ce fût la princesse elle-même.

Pourquoi jouait-elle ce jeu ?

C'est encore un secret. Mathilde n'était pas quitte avec elle, car c'était encore une de ces filles qui font bien le *commerce de l'amour*. Quoique le prince ne fût pas riche de son chef, il avait si bien fait le dégât dans la fortune de la princesse, qu'il fallait compter après sa mort. Or, qui tenait les livres du prince ? C'était Mlle de Jenesaisquoi.

Et puis, après tout, celle des deux qui avait aimé Renozzi, ce n'était pas la princesse.

LIVRE V

LES PARISIENNES A VENISE.

I

LES IMPRESSIONS DE VOYAGE DE JOINVILLE.

ES amoureux ont beau faire, on a beau faire contre les amoureux , ils se retrouvent toujours à travers le monde : c'est que l'esprit du cœur a sa géographie. Quand on connaîtra bien les lois, les forces, les ressources de l'électricité on se donnera rendez-vous en Californie ou au Japon, sans peur de ne pas se rencontrer. Voilà pourquoi Joinville et Madeleine ne furent pas longtemps sans se dire bonjour à Venise.

Grande surprise de part et d'autre, quoique de chaque côté on se fût pressenti.

On dit que les artistes ne sont jamais dépaysés

en Italie. Joinville, en effet, se trouvait chez lui à Venise dès qu'il y eut pris pied; mais si ses yeux étaient dans la joie devant les merveilles de Giorgione, Titien, Véronèse et tous les lumineux son cœur n'était pas content. C'est que son cœur cherchait Madeleine.

C'était en vain que l'altière princesse s'était jetée à la traverse de ce virginal et divin amour, Madeleine était toujours devant ses yeux, plus doucement fière, plus adorablement belle que jamais.

Il avait eu beau étudier tous les types que les maîtres de l'art, les sculpteurs, les peintres, les poëtes ont consacrés, Madeleine seule réalisait son idéal. Elle lui avait révélé l'éloquence sévère de la ligne et les magies corrégiennes de la couleur. Jusqu'au jour où il l'avait vue, il avait aimé les tons violents, heurtés, bruyants, mais depuis sa première rencontre, il avait compris l'art des effusions, il avait humanisé et divinisé sa palette, sans rien lui faire perdre de son éclat.

C'était encore un impressionniste, mais un impressionniste par le sentiment, comme par les yeux.

Voici sa première lettre, datée de Venise, à son ami Renoir :

« Mon très-cher, ce n'est pas à Rome qu'il faut
« envoyer les grands prix de l'École, c'est à Ve-
« nise. Il n'y a jamais eu de coloristes à Rome, les
« églises font trop d'ombres là-bas; mais à Venise,
« à la bonne heure, car il y a deux ciels pour un,
« un en haut, un en bas, un dans les nues, un
« dans les eaux. On se demande quel est celui
« qui reflète l'autre, tant ils sont beaux tous les
« deux.

« O les endiablés que ces Vénitiens ! Comme
« ils ont du premier coup découvert le miracle des
« couleurs ! Du blanc, du rouge, du noir, c'est ici
« l'arc-en-ciel; ce qui ne les a pas empêchés de
« trouver les nuances ineffables.

« Je suis arrivé sur le soir pour voir le soleil
« couchant frapper San-Marco. Je pourrais dire
« Saint-Marc, mais ça manquerait de couleur. Ah !
« mon cher Renoir, quel soleil et quelle architec-
« ture ! C'est de la féerie des deux côtés, mais tous
« les voyageurs t'ont rabâché cela. Ziem, le poëte
« de Venise, l'a chantée en vers et en prose, car on
« peut dire que ses tableaux sont tour à tour des
« poëmes et des romans. Mais, vois-tu, quand tu
« auras vu cent tableaux des peintres anciens et
« modernes, il te faudra venir à Venise pour avoir
« une idée de Venise.

14.

« Ce n'est pas la grandeur qui te surprendra,
« au contraire, ce sera le charme, ce sera l'inti-
« mité. A Rome, on a envie de dire à chaque
« pas : monument, que me veux-tu ? A Venise,
« on ne se heurte pas aux monuments, mais aux
« Vénitiennes. Il y en a qui aiment mieux ça.

« Et puis ici les églises sont bonnes filles; ce
« sont des musées du bon Dieu, mais ce sont des
« musées. Et si je te parlais de la gondole, une poé-
« sie qui marche — et qui marche avec un abandon
« tout féminin ! — On dirait une de ces Parisien-
« nes paresseuses, — car il n'y a qu'à Paris qu'on
« trouve des orientales, — qui traînent une longue
« robe à queue avec une grâce nonchalante. Mais
« ce qu'il y a de merveilleux, c'est que, pour le
« prix d'un horrible fiacre, la gondole vous prend
« dans ses bras et vous fait voyager toute une
« heure par ce pays enchanté. C'est ici que pèche
« ma métaphore, car pour ce prix-là une Pari-
« sienne ne te ferait pas voyager du tout, ou plutôt
« elle t'enverrait te promener.

« Tout est adorable ici; figure-toi qu'à la table
« d'hôte d'un albergo quelconque on m'a donné
« du vin de Chypre pour du vin ordinaire. Il
« parait que les Turcs dans la détresse vont louer
« l'île de Chypre au premier offrant ou dernier

« enchérisseur avec le titre de roi de Chypre et de
« Jérusalem : c'est moi qui vais me mettre sur les
« rangs.

« Mais voilà de vains discours, ce n'est pas tout
« à fait pour ça que je suis venu à Venise ; tu sais
« que depuis plus d'un an je suis affolé, — c'est le
« mot, — par une beauté irrêvable, qui me fait
« croire que décidément Raphaël n'a rien vu. *La*
« *belle jardinière* ne serait pas digne de nouer
« des roses sur les souliers de ma beauté.

« Je t'ai dit qu'elle était inabordable. Étrange
« destinée ! Cette jeune fille, élevée par une an-
« cienne sage-femme, a toutes les dignités d'une
« duchesse. Et quelle douceur pénétrante sous son
« air sévère ! Je me sens meilleur devant elle. Tu
« m'as dit que je peignais mieux depuis que je
« l'ai rencontrée. Rien ne peut te donner une idée
« de mon amour pour Madeleine : il y a de l'amour
« du fils pour sa mère, du frère pour sa sœur, de
« l'homme pour sa femme, de l'amant pour sa
« maîtresse, mais ce mot est de trop, car j'aime
« tant Madeleine que je ne voudrais pas qu'elle
« fût ma maîtresse.

« Tu vois que je suis toujours à encadrer.

« Or, juge des battements de mon cœur quand
« ce matin, errant comme une âme en peine sous

« les Procuratie, et jetant un regard distrait sur
« les spectacles de la Piazza et de la Piazzetta, j'ai
« vu passer deux femmes, — modes de Paris de la
« dernière heure, — qui allaient à la messe à San-
« Marco.

« Je ne suis pas plus mauvais chrétien qu'un
« autre. Quand les femmes vont à la messe, je vais
« à la messe sans rébellion, mais ce matin c'était
« un entraînement.

« Bien m'en a pris, mon cher confident.

« Quand l'une des deux dames s'est retournée
« vers l'autre pour lui offrir de l'eau bénite, j'ai
« reconnu Madeleine. — Et moi, lui ai-je dit
« dans mon ravissement et en lui tendant la main,
« me refuserez-vous de l'eau bénite ? — Elle m'a
« donné son doigt. Je te jure que j'ai fait le signe
« de la croix avec une piété soudaine.

« Nous avons ressenti tous les deux la plus vive
« émotion. Je ne te parle pas de la tête que je fai-
« sais, mais je te dirai que l'adorable figure de
« Madeleine était toute blanche, sous je ne sais
« quelle émotion de profonde tristesse.

« Comme nous n'étions pas sous l'orme, nous
« ne pouvions pas parfiler le parfait amour, même
« à mots couverts ; aussi après un salut, que j'ap-
« pellerai un salut de renoncement, elle se re-

« tourna vers l'autel et s'avança pour la messe. Et
« moi, je me suis écrié : *Saint Marc, ayez pitié*
« *de moi !*

« Sur quoi je m'en suis revenu au café Florian,
« d'où je t'écris cette épître flamboyante.

« Tu vois si j'ai eu raison de venir à Venise.
« L'amour nous mène, dit la chanson ; en effet, ce
« n'est pas nous qui menons l'amour.

« Ce serait cependant, ô mon ami, si simple
« d'être heureux : Je me jetterais aux pieds de
« Madeleine. Je lui dirais : je vous aime : elle me
« répondrait : levez-vous ; je la prendrais dans mes
« bras, — et j'y vivrais toute sa vie, sous le rayon-
« nement de mon bonheur. — Mais il y a ceci,
« mais il y a cela.

« Et puis il y a que l'amour se nourrit de
« larmes. La Vénitienne Rafaella est morte de
« chagrin par l'abandon de Giorgione, qui est
« mort de chagrin par l'abandon de Violante, qui
« est morte de chagrin par l'abandon de Titien.

« Celui-là, par exemple, a vécu ses cent ans à
« travers toutes les passions, mais je ne suis pas
« taillé comme lui : j'aimerais mieux mourir de
« mon amour pour Madeleine que de vivre cent
« ans.

« Je te serre les deux mains.   « JOINVILLE. »

II

LES RENCONTRES IMPRÉVUES.

ADAME Templier et Madeleine se promenè-
rent, après la messe, sur le quai des Esclavons, où elles devaient rencontrer M. Templier,
fumant son cigare.

— Dis-moi, Madeleine, demanda l'ancienne
sage-femme à sa filleule, quel est donc ce jeune
homme qui t'a demandé de l'eau bénite?

— Ma marraine, c'est un peintre, répondit la
jeune fille de l'air du monde le plus naturel, c'est
un peintre français que je ne connais pas, mais
que j'ai rencontré chez la princesse.

Quoique M\ :sup:`me` Templier fût bonne entre toutes
les femmes, Madeleine ne lui avait pas confié son

amour pour Joinville. Elle ne craignait pas ses remontrances, mais elle craignait ses plaisanteries. On sait que Mme Templier, en vraie Parisienne pur sang, née au cœur de Paris, comme Voltaire et Molière, était la railleuse par excellence. Son premier mot était pour rire, ce qui ne l'empêchait pas de pleurer souvent.

— Ce jeune homme que tu ne connais pas, dit-elle à Madeleine, a l'air de te connaître beaucoup ; il t'a dévorée des yeux, il a pâli, il s'est troublé. Et toi, de ton côté, tu n'étais pas d'aplomb sur tes jambes ; aussi j'ai bien vu que ton eau bénite ce n'était pas de l'eau bénite de cour.

— Je lui ai donné de l'eau bénite, voilà tout.

— Oh ! je ne te fais pas un crime de cette rencontre. Je suppose que ce n'était pas un rendez-vous ; d'ailleurs, il est charmant ce jeune homme ; il a des yeux qui m'auraient fait rêver à vingt ans.

— Oui, n'est-ce pas, il a de fort beaux yeux ?

— Et des cheveux ! et une barbe ! tout cela est flamboyant : on dirait qu'il s'est fait faire la barbe et les cheveux à Venise. J'aime les hommes cheve-lus et barbus, moi. Et toi ?

— Et moi aussi. J'ai horreur des hommes qui ressemblent à des femmes.

— Si le capitaine Templier n'avait pas eu de
belles moustaches, je ne l'aurais jamais épousé.
Est-ce que nous reverrons ce jeune peintre ?

— Sans doute ; un artiste ne vient pas à Venise
pour y passer une heure.

— Si nous le rencontrons encore, tu me le pré-
senteras.

Joinville avait beaucoup plu à Mme Templier.
En femme d'esprit, elle ne cherchait pas un prince
pour sa chère Madeleine. Elle lui voulait un artiste. Elle avait trop aimé Montjoie pour ne pas
regarder tous les peintres avec sympathie ; elle les
trouvait gais, insouciants, spirituels, généreux,
enthousiastes : toutes les vertus de l'homme. Elle
avait peur des musiciens pour sa chère musicienne.
Elle disait que les musiciens sont trop pianistes,
qu'ils abusent du dièze et du bémol, qu'ils se font
enlever par les vieilles femmes.

Voilà pourquoi Mme Templier dit brusquement
à Madeleine :

— Ce jeune peintre me revient beaucoup ; c'est
un homme comme celui-là qu'il te faut. Je ne veux
pas que tu sois majeure sans être madame n'importe quoi. Une belle fille comme toi ne coiffe pas
sainte Catherine.

— M. Joinville, car c'est son nom, a bien autre

chose à faire que de m'épouser. Depuis cet hiver
il est répandu dans le beau monde, il fait le portrait des princesses...

— Je suis bien sûre qu'il t'a déjà demandé à te
peindre.

— Oui, mais je ne laisserai faire mon portrait
qu'après avoir débuté dans un grand théâtre.

— Eh bien ! voilà l'occasion, puisque tu vas
chanter à la Fenice.

En effet le directeur de la Fenice, après une
rapide audition, avait consenti à donner à Madeleine un rôle dans un opéra italien qui devait être
joué à trois semaines de là ; c'était un rôle à côté,
c'était même un rôle sacrifié, mais avec une scène
magnifique de fierté dans les larmes.

— Ce serait original, dit Mme Templier, qu'un
jeune peintre français fût venu à Venise pour faire
ton portrait le lendemain de ton triomphe. Car je
suis sûre que tu seras rappelée dix fois.

On voit que Madeleine devait passer quelque
temps à Venise. Elle avait été très-heureuse d'arriver enfin à ses débuts, quoique son cœur fût triste.
Maintenant qu'elle venait de revoir Joinville, elle
marchait légère et joyeuse comme un rayon de
soleil. Aussi, le capitaine Templier, la recon-
naissant bien vite parmi les Vénitiennes éparpil-

lées sur le quai des Esclavons, lui dit en l'embrassant :

— Tu es si belle et si gaie aujourd'hui que je ne puis pas m'empêcher de te prendre dans mes bras.

— Tu ne sais pas pourquoi elle est de si belle humeur, demanda Mme Templier à son mari. C'est qu'hier elle a trouvé un théâtre, c'est qu'aujourd'hui elle a trouvé un mari.

— Comme vous y allez, ma marraine.

— Oui, un peu plus, je te donnais déjà un enfant.

Madeleine s'était empourprée comme l'aube matinale, mais ces belles couleurs s'effacèrent bien vite sous une pâleur soudaine. C'est qu'elle venait de reconnaître deux personnages de notre histoire qui la touchaient de fort près.

— Oh mon Dieu! s'écria Mme Templier en s'appuyant au bras de son mari, n'est-ce pas Léonie?

— Oui, dit Madeleine, en s'appuyant au bras de Mme Templier, c'est Léonie avec le prince Trivulzio. Pauvre Léonie !

III

TRIVULZIO ET LÉONIE

I L y a des saisons où on se rencontre beaucoup à Venise : au printemps et à l'au-
tomne, mais quoique cette ville déchue ne soit pas
sur un des grands chemins de l'univers, on s'y
rencontre toujours un peu. Les bourgeois de
toutes les nations vont à Venise sur la foi des
poëtes, croyant y trouver ce qu'ils n'y trouvent
pas du tout, des alhambras incomparables, des
paradis de Mahomet, des orgies de marbre, de
porphyre, d'argent et d'or. Les bourgeois s'ima-
ginent que la Venise du moyen âge et de la Renaissance continue son carnaval. Les artistes ne
sont pas trompés dans leurs illusions, car ils y

trouvent Giorgione, Pordenone, Titien, le Pa-
douan, Véronèse, Tiepolo lui-même, plus montés
de ton qu'ils ne le croyaient. Les amoureux y vont
avant ou après la lettre, pour y savourer leur lune
de miel, dans les souvenirs des amoureux célè-
bres, sous le rayonnement d'un soleil trempé
d'eau, et sous le rayonnement de l'art, cet autre
soleil.

Naturellement c'était en amoureux que Trivulzio et Léonie étaient venus à Venise.

Dès que Léonie vit sa marraine, elle pirouetta
et entraîna le prince vers le pont des Soupirs.

— Ah! si je ne me retenais, s'écria M. Templier
en s'agitant comme un arbre sous la tempête,
comme je les empoignerais tous les deux pour
les jeter dans l'Adriatique !

— Point de bêtises, dit Mme Templier qui voulait calmer son mari. Si tu faisais cela on t'empoi-
gnerait toi-même, pour te jeter sous les plombs
de Venise; tu as vu ces prisons-là.

— Oui, à Paris, dans un mélodrame.

C'est en vain que Mme Templier avait voulu
parler en riant, son cœur battait à triple carillon.
Deux larmes mouillèrent ses yeux.

— Allons, allons, lui dit le capitaine, Léonie ne
vaut pas la peine qu'on la pleure.

Mais lui-même avait des larmes dans les yeux.

On n'a pas pour rien élevé une enfant qui devient une jeune fille, pour la perdre sans la pleurer, surtout quand elle a toujours été charmante et charmeuse.

Madeleine dit encore :

— Pauvre Léonie !

— Oui, répéta Mme Templier, pauvre Léonie ! Mais pourtant elle n'a pas l'air de pleurer sur elle celle-là, je l'ai vue gaie et folle comme une jeune chèvre suspendue à la vigne. C'est fini, elle ne nous aime plus, car si elle avait gardé pour nous un battement de cœur, elle fût venue coûte que coûte se jeter dans nos bras. O les enfants ! O les ingrats ! ils s'envolent comme des oiseaux dès qu'ils ont des ailes. Où est leur mère, où est leur nid ? ils ne savent plus.

Le capitaine semblait méditer.

— J'espère bien, dit-il à sa femme, que si elle venait à toi tu ne la reconnaîtrais pas ?

— Moi, je la prendrais sur mon cœur et je pleurerais toute une heure avec elle, heureuse comme si Dieu m'envoyait sa bénédiction. Il n'y a pas d'autre manière de punir les enfants.

— C'est peut-être vrai, dit le capitaine, mais il

faut bien faire quelque chose pour l'opinion, sans quoi il n'y aurait plus d'opinion.

— Il y a longtemps qu'il n'y a plus d'opinion.

— Oui, depuis que tout le monde en a une à soi.

Mme Templier regardait le chemin par où Léonie avait disparu.

— Nous ne la verrons peut-être plus, car, dans la crainte de nous rencontrer, elle va se hâter de quitter Venise.

On était revenu à la Piazzetta. Les deux femmes se détachèrent en avant du capitaine, retenu par je ne sais quel tapage de gondoliers.

— Vois-tu, dit Mme Templier à Madeleine, il faut savoir où Léonie est descendue, c'est bien facile, à Venise, où il y a si peu d'hôtels. Je lui écrirai que je la maudis, mais que je veux l'embrasser.

Et Mme Templier, se parlant à elle-même :

— Eh bien, après tout, telle mère, telle fille. Il n'est pas douteux que Léonie ne soit la fille de la comédienne : elle court le monde comme elle. C'était écrit là-haut, il y a des femmes qui n'arrivent à Dieu que par le repentir et les larmes.

Quand le capitaine voulut rejoindre sa femme, il ne retrouva que Madeleine. Mme Templier était déjà en route pour découvrir l'hôtel où étaient descendus le prince et Léonie. Une servante de « l'albergo della Luna » lui dit tout de suite que le prince Trivulzio était avec la princesse à Danieli.

Mme Templier ne perdit pas de temps ; elle prit un détour pour ne pas rencontrer son mari, elle retourna sur le quai des Esclavons et entra au célèbre hôtel, en demandant si la princesse Trivulzio était rentrée. On lui répondit que non ; elle demanda à lui écrire, ce qu'elle fit en un instant, sans plus y réfléchir. Voici à peu près dans quel style :

« Léonie, il faut que je te parle. Je ne suis pas
« un gendarme, tu me fais mourir de chagrin,
« mais je ne veux pas t'arracher à tes folies de
« princesse. Je t'attendrai ce soir toute seule, à
« l'hôtel de Bellevue, pendant que M. Templier
« et Madeleine iront au spectacle.
« Ta marraine,

« Rose Templier. »

Mme Templier rejoignit bientôt son mari et son autre filleule, qui se promenaient sous la Procuratie.

IV

UNE NOUVELLE FIGURE DIGNE D'UN COUP
DE PINCEAU

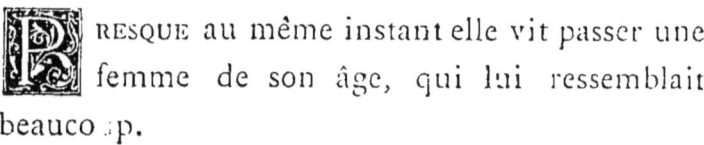 RESQUE au même instant elle vit passer une femme de son âge, qui lui ressemblait beauco.p.

— En voici bien d'une autre, dit l'ancienne sage-femme, c'est le jour aux rencontres, car cette femme que vous voyez là, c'est ma sœur.

On le sait déjà, Mᵐᵉ Templier avait une sœur dont elle ne parlait jamais. C'était une femme de mauvaise vie qui avait fait trop de bruit dans un procès célèbre. Qui ne se rappelle cette Suzanne — dite de Marsille — qui tenait chez elle un petit baccarat hanté par la meilleure compagnie — en hommes?

Les deux sœurs ne se voyaient pas ou ne se voyaient guère. Elles ne se faisaient pas de visites. Quand elles se rencontraient :

— Bonjour. — Bonsoir. — Mme Templier demandait à sa sœur ce que devenaient ses filles, car elle en avait trois. Mme Suzanne de Marsille demandait à l'ancienne sage-femme ce que devenaient ses duchesses, sur quoi on se donnait la main et tout était dit.

Deux étrangères se touchaient de plus près. Ce n'étaient pas deux sœurs ennemies, mais il y avait entre elles un monde par les instincts, les sentiments et les habitudes. Mme Templier, qui avait peut-être mal commencé, était devenue une fort honnête femme ; Mme Suzanne de Marsille, qui avait peut-être bien commencé, était devenue la plus pervertie entre les perverties. A Paris, les deux sœurs se fussent contentées de se saluer par un clignement d'yeux et un signe de main ; à Venise, la curiosité les poussa l'une vers l'autre.

— Suzanne !

— Rose !

— Que fais-tu à Venise ?

— J'y viens tous les trois ou quatre ans pour mon magasin.

Suzanne de Marsille, que nous appellerons tout

16.

simplement Mme Suzanne, avait fondé à Paris, rue
de Provence, un de ces capharnaüms où on trouve
de tout, des robes et des photographies, de la haute
curiosité et des riens indescriptibles. Mme Suzanne,
était une prêteuse à la petite semaine; mais elle ne
prêtait qu'aux femmes. Pour avoir du crédit chez
elle, il suffisait d'être belle ; elle ne faisait aucune
difficulté pour prêter tout à la fois à une créature
qui voulait livrer bataille aux hommes sur le champ
de courses de Mabille ou de tout autre salon du
meilleur monde, une robe, un chapeau, des pendants d'oreilles et autres colifichets qui allument
la figure. Mais Mme Suzanne n'était pas une simple
revendeuse à la toilette, c'était une antiquaire ;
elle avait de l'œil et du goût, elle savait dénicher
des merveilles, elle forçait les gens d'entrer chez
elle par des trouvailles inespérées.

Plus d'un amateur était peut-être entré pour ses
filles.

— Ne m'en parlez pas, disait-elle quand elles
étaient toutes jeunes ; la première veut entrer en
religion, mais les deux autres ne la suivront pas
au couvent, ce sont deux diables.

En effet, la première était religieuse, à la grande
surprise de tout le monde, même de Mme Templier, qui lui avait donné le baiser d'adieu, tan-

dis que les deux autres couraient les fêtes de Paris
avec tout l'emportement des affolées. Elles avaient
quitté leur mère pour suivre çà et là M. de Cupidon, tantôt dans un hôtel meublé, tantôt dans un
hôtel quasi à elles, pas beaucoup plus fières dans
leurs ascensions que dans leurs chutes. Quand on
parlait d'elles à leur mère, Mme Suzanne disait :

— Je ne m'en inquiète pas, elles se font les
griffes. On entendra parler d'elles un jour; d'ailleurs, je me console en pensant à leur sœur qui
prie Dieu pour elles.

Mme Templier demanda à Mme Suzanne si on
trouvait encore des curiosités à Venise.

— Ah! ma chère Rose, on en trouve trop. Figure-toi que les marchands vénitiens en achètent
tous les ans aux ventes de l'hôtel Drouot, sans
compter que les truqueurs font tous les jours du
vieux neuf. Mais pas si bête, je ne m'y laisse pas
prendre. Je trouve encore par-ci par-là de quoi
payer mon voyage, chez les juifs du Ghetto. Ainsi
je suis toute joyeuse parce que, aujourd'hui même,
j'ai découvert un portrait de Giorgione peint sur
un panneau de cèdre; cela vaut bien deux cents
louis. Aussi je le vendrai quatre cents louis à
M. de Rothschild.

— Et combien l'as-tu payé?

— Moins que rien, vingt louis ; le marchand savait bien que c'était quelque chose de rare. Jusqu'à présent, il n'avait pas voulu vendre ce portrait, parce que c'était un peu le portrait de sa femme, mais je suis arrivé à point. Il paraît que sa femme l'a trompé, il ne veut plus la voir, même en peinture.

— Est-ce que tu restes longtemps ici ?

— Pas bien longtemps, mais j'y suis retenue par une affaire contentieuse.

— Explique-moi ces paroles énigmatiques.

— Ce serait trop long pour aujourd'hui, sache seulement qu'un jeune prince qui promène ici sa princesse a été l'amant d'Héloïse et qu'il lui a signé une reconnaissance de cent mille francs, payable le jour de ses noces. Or, il paraît que ce prince s'est marié en Angleterre avec une jeune fille qu'il a enlevée de Paris...

Mme Templier saisit la main de sa sœur :

— Comment s'appelle ce prince ?

— Le prince Trivulzio, on dit qu'il sera vingt-cinq fois millionnaire...

— Le prince Trivulzio ! Tu ne sais donc pas que cette jeune fille qu'il a enlevée, c'est une de mes filleules ?

La figure de Mme Suzanne s'illumina comme si on lui eût appris une bonne nouvelle.

— Tant mieux pour elle! S'il est marié il payera; s'il n'est pas marié, il payera deux fois.

Mme Templier regarda sa sœur en laissant tomber ses bras.

— Oh! femme dépravée, tu ne sais donc pas qu'il y a des choses qu'on ne paye pas.

Mme Suzanne secoua la tête.

— Oui, oui, je te connais, tu crois encore à tout, avec tes cheveux argentés; moi, il y a long-temps que je ne crois plus qu'à l'argent. L'argent, c'est le maître du monde, c'est le maître des consciences, c'est le maître des opinions.

— Tais-toi, tu m'épouvantes.

Mme Suzanne se mit à rire.

— Vas-tu poser avec moi? tu m'as dit ton histoire, elle n'est pas beaucoup plus limpide que la mienne.

— Peut-être, dit tristement Mme Templier; mais il y a une différence entre nous deux, c'est que je suis un purgatoire pavé de bonnes intentions, tandis que tu es un enfer pavé de scélératesses.

— Va, ne t'inquiète pas, quand le bon Dieu mettra tout cela dans ses balances, nos péchés nous seront pardonnés, parce que le bon Dieu, tout en

faisant la part du diable, fait la part de la femme.
Toutes les armes sont bonnes à une femme dans
la bataille de la vie. Il n'y a qu'un cri qui offense
le ciel, c'est le cri de la misère. Il n'y a que
l'homme qui crie misère; les bêtes, les arbres, les
fleurs ne poussent pas ce cri-là. Mais je crois que
nous disons des bêtises toutes les deux. Je vais rejoindre Héloïse chez un homme de loi, où nous a
conduites hier le consul.

— Comment, Héloïse chez un homme de loi?

— Pourquoi pas! bon chien chasse de race, tu
sais que j'étais déjà un avoué normand à vingt ans;
Héloïse a eu ces jours-ci ses vingt ans et elle commence à se débrouiller dans les affaires.

— Les affaires! comment peux-tu dire un pareil mot?

— Pas de fausse pruderie. Ne dit-on pas le
commerce de l'amour? Eh bien, ma chère, pourquoi ne parlerait-on pas de ses affaires, quand on
a fait signer une reconnaissance de cent mille
francs à un prince évaporé qui jette sa fortune
dans toutes les capitales? Si ta filleule n'est pas
une grue, elle se tirera de là avec un million. Je
voudrais bien qu'une de mes filles fût à sa place.
Un rapt, c'est la fortune pour qui sait en jouir;
mais la plupart des femmes sont des idiotes qui se

laissent marcher sur le pied et qui finissent sur la paille. Où es-tu descendue ?

— A l'hôtel Bellevue, par amour des pigeons de Venise.

— Oh ! je te reconnais bien là : toujours romanesque et toujours sentimentale. Moi, j'aime les pigeons pour les plumer. Adieu. Je suis descendue à l'auberge de la Lune, ce qui désespère Héloïse, car tu sais qu'elle aime le chic celle-là ; or, à la Lune, on ne peut pas faire des manières.

V

MADAME SUZANNE ET SES FILLES

'EST une rude femme que Mme Suzanne. Qui ne la connaît à Paris, parmi ceux et celles qui font la roue? Mais pourtant nul ne sait toutes ses roueries en matière de sentiment. Un avare disait : « Quel malheur que chaque feuille de rose ne soit pas d'or ou d'argent! » Mme Suzanne dit la même chose des effusions du cœur; elle veut que le cœur parle d'or chaque fois qu'il parle; voilà pourquoi elle a mis les amours de ses filles en coupes réglées. Il faut que chacune de leurs aventures finisse par une moisson. C'est elle qui tient la faux avec l'âpreté de la mort.

Ses filles se moquent d'elle à peu près comme on

se moque des médecins et des avocats : le jour où
on a la fièvre, le jour où on a un procès, on a foi
aux médecins et aux avocats Aussi, les filles de
Mme Suzanne se retournent-elles vers leur mère
chaque fois qu'il faut battre monnaie avec l'a-
mour.

Je vous présenterai pour un instant Mlles Suzanne, la brune et la blonde. Ne troublons pas la
quiétude ineffable de la troisième, celle qui est à
Dieu.

La blonde s'appelle Mlle Héloïse, surnommée
la *Salamandre,* parce qu'elle traverse le feu des
passions parisiennes sans s'y brûler. C'est un miracle de beauté chiffonnée, elle prend son monde
par des yeux bleus noyés d'amour; dès qu'on la
voit on est sous le charme, plus on la voit, plus on
l'aime. Il y a dans sa physionomie entraînante je
ne sais quoi des figures de Greuze qui voilent leur
volupté sous un air d'innocence. On ne peut pas
croire que la perversité féminine soit là. On s'i-
magine que c'est une fille d'Ève insouciante, on
veut croquer une pomme avec elle, mais on s'a-
perçoit bientôt qu'on a croqué sa fortune.

Elle vous tord le cou avec un sourire adorable.
C'est son jeu, c'est son rôle, c'est sa destinée.

Je voyais hier, partant pour la Syrie, un jeune

et beau Dunois qu'elle a ruiné avec une grâce toute parisienne. Il avait une mission religieuse de son gouvernement pour explorer la terre sainte. Ne vous imaginez pas qu'il se repentît d'avoir jeté tout son argent dans cet abîme rose. Il se promettait bien de recommencer à son prochain héritage.

Mlle Héloïse ne fait pas seulement des affaires au comptant, elle a ses fins de mois et ses reports ; bien mieux, elle travaille à perte de vue : elle a dans ses papiers des titres qui n'auront cours qu'après la mort de plus d'un de ses amants.

Le plus souvent, c'est à plus courte échéance : ainsi elle a fait signer au prince Trivulzio une reconnaissance de cent mille francs pour le jour de son mariage. Cent mille francs, qu'est-ce que cela pour un prince ? Un déjeuner de soleil. La Salamandre regrettait de lui avoir mis la main à la plume pour si peu.

C'est sa mère qui lui a enseigné, comme à sa sœur Esther, l'art des écritures.

« Voyez-vous, mes amours, leur a-t-elle dit souvent, dans son style dépouillé d'artifice, l'homme qui s'amuse n'a pas d'argent comptant ; s'il est jeune il en aura, s'il est vieux il mourra. Vous aurez donc dans votre carrière la page des reconnaissances, des donations, des testaments; il ne faut rien négliger, il ne faut rien dédaigner. Je ne vous condamne pas, mes chères filles, à faire de votre cabinet de toilette un cabinet d'affaires, c'est déjà bien assez d'en faire un cabinet de travail puisque vous y faites votre beauté; mais n'oubliez pas ceci : de même que dans mon arrière-boutique il y a des casiers pour mes affaires, il faut que dans votre tête il y ait des casiers pour le commerce de l'amour. Plus d'une folle, quand elle soupe en belle compagnie, ne pense qu'à se griser de paroles dans le vin de Champagne; pour vous, qui êtes des anges, vous garderez toujours votre raison. La femme forte est au-dessus de toutes les ivresses. Elle est maîtresse d'elle-même et des autres, comme l'argent est maître du monde »

Les filles de Mme Suzanne avaient suivi l'horrible leçon mot à mot, ce qui ne les empêchait pas de faire beaucoup de folies; mais, comme disait leur mère à Mme Templier : il faut que jeunesse se passe.

Si Héloïse était une figure, Esther était un caractère; elle aussi avait ses adorateurs, elle ne prenait pas son monde à première vue comme sa sœur, mais elle retenait mieux ceux qu'elle avait pris. C'est que sous ses cheveux noirs, ses yeux de

flamme avaient une action terrible. Certes, ce n'é-
tait pas la beauté, mais c'était quelque chose de
plus pénétrant qui y ressemblait.

Souvent, d'ailleurs, on ne demande à une femme
que d'être une femme. Esther était deux fois
femme si on la jugeait par ses airs passionnés.
Son regard jetait au cœur le trouble des magi-
ciennes. Héloïse prenait son monde par « le sentiment » et Esther par l'emporte-pièce.

Toutes les deux confiaient leurs histoires à leur
mère, moins ce qu'on appelle — les caprices —
dans la vie amoureuse des femmes, parce que leur
mère les condamnait sur ce point-là. Cependant,
elle leur avait dit plus d'une fois : « Je permets
bien plus un caprice qu'un amant de cœur ; l'a-
mant de cœur c'est la misère de la haute cocotte,
sans compter que c'est la déloyauté de la courtisane. »

On voit que Mme Suzanne avait des principes.
Ses filles n'avaient donc point d'amant de cœur,
mais elles émaillaient de quelques caprices le ta-
pis vert de leur fortune. Par exemple, quand
Mlle Héloïse fit signer au prince Trivulzio une
reconnaissance de cent mille francs sous les lueurs
de la lune de miel, il fut décidé qu'on irait faire
un tour au donjon de Vincennes que Trivulzio

ne connaissait pas. Héloïse voulut conduire elle-
même ses deux jolis chevaux d'ébène comme on
les appelait. Elle monta gaillardement sur son
duc, le prince se mit à côté d'elle et fouette cocher!
Après avoir traversé le bois, après une halte au
donjon, on s'en revint par Vincennes ; tout d'un
coup, la belle voit à une fenêtre d'hôtel garni un
joli officier d'artillerie, fine moustache, œil de feu,
figure héraldique, un vrai miroir aux alouettes.
Héloïse est éprise du premier coup, elle vient de
voir son idéal. La voiture va trop vite, elle se retourne.

— Vous connaissez donc cet officier ? lui dit le
prince.

— Beaucoup.

Elle ne l'avait jamais vu.

— Je m'explique, reprit-elle ; c'est l'amant d'une
de mes amies qui ne sait pas où il est. Elle le cherche
depuis un mois. La pauvre fille est dans la misère.
Je n'y tiens pas ; tenez les guides ; il faut que j'aille
dire ce que j'en pense à ce méchant homme. Ce
serait une bonne action de le ramener à mon amie.

Mlle Héloïse avait l'air si indigné que le jeune
prince, qui croyait que « c'était arrivé, » n'empêcha pas Héloïse de sauter à bas du duc et de courir à l'hôtel garni.

Naturellement, Trivulzio eut beau regarder, il
ne vit ni le monsieur ni la dame à la fenêtre.
C'est qu'ils pleuraient sans doute tous les deux
sur le sort de l'abandonnée. Quand Héloïse revint, elle lui dit :

— Je suis contente de moi ; j'ai si bien bataillé
qu'il dînera ce soir avec mon amie au café Anglais ; nous serons du dîner si tu veux. La Salamandre n'eut pas de peine, pour les besoins de la
cause, de trouver une amie.

Ce qui acheva la comédie, c'est que Trivulzio
paya le dîner.

VI

HISTOIRE DU COUP DE REVOLVER DE
Mlle ESTHER.

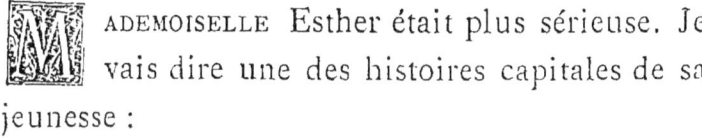

ADEMOISELLE Esther était plus sérieuse. Je vais dire une des histoires capitales de sa jeunesse :

Le fils d'un ancien membre de la Chambre des Communes, réfugié en Égypte pour retrouver sa voix perdue, vivait à Paris des 3,000 francs par mois que lui donnait son père.

Quand on a trois mille francs par mois on peut en dépenser six mille, parce qu'on a du crédit.

Arthur Murray eut assez de crédit pour se faire présenter à Esther. Sa figure, d'ailleurs, valait plus qu'une lettre de crédit, car il était fort beau. Beaucoup de femmes ne lui eussent rien demandé de plus.

Esther joua avec lui l'amour le plus désintéressé, ce qui d'ailleurs lui fut bien facile. Tout le
monde les a vus au bois affolés l'un de l'autre,
croyant que la vie est une chanson.

On vanta leurs attelages, on soupa avec eux,
on envia leur bonheur.

Mais Mme Suzanne ne perdait pas de vue sa
fille :

— Prends garde, mamour, tu as la main heureuse, ne va pas laisser envoler cet oiseau bleu
que tu as si bien enfermé dans tes cinq doigts.
Prends garde, cet homme est trop heureux, il
s'endort dans son bonheur, il te faut le réveiller.

— Comment faire ?

— Il y a mille moyens. Le plus sûr, c'est encore de lui donner au cœur le coup de poignard
de la jalousie ; tout justement tu as un petit
amoureux en *off* qui peut te servir à souhait. Dis
à Arthur Murray qu'il veut te faire un sort pour
t'arracher à lui.

— Et si Arthur Murray ne jette pas les hauts
cris !

— Eh bien ! va toujours ; tu les mèneras de
front tous les deux, comme tu mènes tes deux
doubles poneys, avec la grâce d'une femme de
sport !

Ce qui fut dit fut fait.

Esther monta la jalousie d'Arthur Murray jusqu'au paroxysme ; il en perdit le manger sinon le
boire, car il voulait noyer son chagrin dans le
vin de Champagne. Mais le vin de Champagne
ne lui donnait que des larmes.

Esther allait en consultation chez sa mère :

— Il est tout à fait fou, lui dit-elle, que dois-
je faire ?

— C'est l'heure et le moment. Propose-lui de
t'épouser. Tu lui diras que ton amoureux en off
t'a demandé ta main et que j'ai donné mon consentement.

Le fils de l'ancien membre des Communes fut
bien quelque peu effaré à ces propositions de
mariage, mais l'amour s'accoutume à tout, parce
qu'il ne voit pas plus loin que son nez. L'amour
vit d'argent comptant : pourvu qu'il soit heureux
aujourd'hui, il s'écrie comme Louis XV devant
la Du Barry. « Après moi la fin du monde. »

Arthur Murray devait avoir un jour cinq ou six
millions à lui. C'était assez pour vivre propre-
ment à Paris, son pays d'élection. Pourquoi cher-
cherait-il une femme riche, qu'il n'aimerait pas,
puisqu'il avait trouvé une femme pauvre qu'il aimait ? A quoi bon une dot d'un demi-million ou

d'un million quand on a déjà son compte ? C'est
bon pour les fils de famille qui n'ont rien et qui
veulent redorer leur blason. Arthur Murray dit
un jour à Esther qui menaçait plus que jamais
d'épouser son amoureux en off :

— Je veux bien me marier à toi, mais mon père
ne donnera jamais son consentement.

— Si ce n'est que cela, dit la mère qui intervint
tout à propos, nous nous passerons bien du consentement de votre père. Vous êtes un noble cœur,
vous reconnaissez les vertus de ma fille, vous en
ferez une femme du monde accomplie.

— Mais, dit Arthur Murray, comment pou-
vons-nous nous passer du consentement de mon
père ?

— Êtes-vous un homme ou un enfant ?

— Je suis un homme.

— Et bien ! ne vous inquiétez de rien, vous
allez partir pour Londres avec Esther, et vous re-
viendrez de là-bas mariés comme père et mère.
Mais ne remettez pas ce voyage aux calendes
grecques, sinon je donne ma fille à l'autre.

Arthur Murray, qui avait dit : « Je suis un
homme, » se laissa conduire comme un enfant.

Dès qu'on fut à Londres, Esther embaucha
deux sollicitors qui menèrent haut la main cette

affaire matrimoniale, mais c'était Esther qui, bien chapitrée par Mme Suzanne, était l'âme ouvrière.

Tout alla si bien qu'au bout de huit jours la jeune courtisane se présenta, avec son fiancé, à Saint-James, pour la cérémonie du mariage. Elle avait le voile des épousées, sinon la couronne d'oranger. Mais elle avait, pour la circonstance, revêtu je ne sais quelle robe idéale de candeur. Aussi lui donna-t-on le bon Dieu sans confession.

Les sollicitors dirent aux prêtres que le futur époux avait le consentement de son père, qui voyageait alors dans les Indes. Un des prêtres demanda à Arthur Murray si en effet son père avait consenti au mariage.

— Oui, dit Arthur Murray, qui par ce mot se trouva pris.

Mais comment dire nom, sans briser son bonheur? Comment dire non en face de cette jeune épousée, toute rayonnante, qui le regardait avec des yeux plus pénétrants que jamais?

Le prêtre lui présenta l'Évangile.

— Arthur Murray, vous jurez sur l'Évangile que votre père a consenti à ce mariage?

Le jeune homme, qui avait déjà dit oui, fut entraîné à dire : « oui, je le jure » sans trop se préoccuper de la majesté du livre des livres.

C'en était fait. On célébra le mariage. Les commères du quartier semèrent des roses sous les
pieds de la mariée. Arthur Murray sema des
louis d'or sous les pieds des commères. Les deux
sollicitors ne perdirent pas leur journée. Les deux
épousés revinrent à Paris, lui heureux comme un
enfant, elle heureuse d'avoir enchaîné un homme
qu'elle aimait et de mettre la main sur une fortune inespérée.

Mais ce n'était que le premier acte de cette
tragi-comédie. Nous conterons bientôt le dénoûment.

VII

LES FIGURES DE LA DESTINÉE

N n'a peut-être pas oublié que l'ancienne sage-femme avait couru à l'hôtel Danieli pour embrasser une de ses trois duchesses.

— Ma seconde princesse, hélas ! disait-elle tristement.

En revenant sur ses pas, Mme Templier trouva son mari et sa filleule attablés au café Florian, devant deux sorbets :

— Que diable, madame Templier, dit le capitaine, vous ne posez pas sur vos jambes, vous allez par-ci, vous allez par-là, vous finirez par vous perdre à Venise, prenez un sorbet avec nous.

Mais Mme Templier n'en était pas à sa dernière

rencontre imprévue. A cet instant, elle vit passer au milieu de la place une femme toute en noir, suivie à distance par un valet de pied.

Cette femme marchait majestueusement vers San-Marco, comme une grande dame de ce monde qui ne trouve pas la terre digne de la porter.

— Je suppose, dit le capitaine à sa femme, que vous ne la connaissez pas, celle-là.

— Non.

— Je la connais, moi, dit Madeleine avec un soupir. C'est la princesse.

— Pourquoi cette pâleur, Madeleine ?

La tristesse avait en effet pris le cœur de la jeune fille.

Elle pensait que si la princesse venait à Venise, c'était dans la seule idée de suivre Joinville, de le ressaisir avec passion, de l'emporter comme une proie. Qui sait si elle n'était pas arrivée avec lui ?

— Cette femme tout en noir me fait peur, dit-elle tout bas à sa marraine : il me semble que c'est ma destinée qui passe !

FIN DU TOME II.

TABLE

LIVRE I

JUNON ET DIANE

I. Où reparaît Joinville................ 1
II. La Confession de la Princesse......... 9
III. Le Portrait de la Duchesse........... 21
IV. Ulysse et Pénélope................ 29
V. La Plume noire.................. 33
VI. Le Char de Phaéton............... 38
VII. La Colère de Junon............... 46
VIII. La Princesse de la main gauche....... 51
IX. Le Prince et le Rapin............. 58
X. Pourquoi la Princesse embrassa Madeleine. 69
XI. Pourquoi Madeleine tressaillit........ 77
XII. Le Cœur de Madeleine............. 82
XIII. Çà et là..................... 88

LIVRE II

COMMENT TOMBENT LES FEMMES

I. Le prince Trivulzio 92
II. Comment Léonie tourna la tête à un Prince. 98
III. La Pomme d'or des Hespérides 103
IV. La nouvelle Lucrèce aux assises....... 114
V. Qu'il y aura toujours des Enlèvements ... 122
VI. Une heure de Joie, une année de Larmes.. 127
VII. Le Sire de Joinville.............. 134

LIVRE III

LES DUËLS

I. Les Trois Duchesses. 142
II. Comment Joinville prit une séance nocturne. 150
III. La Comédie de l'Amour. 158
IV. Que les Maris rentrent toujours trop tôt. . . 166
V. La Montre de M. de Myra. 172
VI. Histoire d'un Homme d'Argent. 176
VII. Qu'il faut monter sur l'Arc de Triomphe. . 184
VIII. Le dernier Cigare 190
IX. Le Jeu de la Destinée. 196
X. Bien touché. 208
XI. Duel sur Duel. 214

LIVRE IV

LE DEUIL DES CŒURS

I. Où Mme Templier confie à Madeleine le se-
cret de sa vie 218
II. Le Secret de Madeleine 228
III. Où Mlle Maria démasque ses batteries. . . . 232
IV. Les deux Passions de la Princesse. 243

LIVRE V

LES PARISIENNES A VENISE

I. Les impressions de voyage de Joinville . . . 255
II. Les Rencontres imprévues. 262
III. Trivulzio et Léonie. 267
IV. Nouvelle Figure digne d'un coup de pinceau. 272
V. Madame Suzanne et ses Filles. 280
VI. Histoire du coup de revolver de Mlle Esther. 287
VII. Les Figures de la Destinée. 293

IMPRIMERIE ELZÉVIRIENNE D. BARDIN, A SAINT-GERMAIN.

ARSÈNE HOUSSAYE

LES COMÉDIENNES DE MOLIERE
1 vol. in-8 elzévirien. — 10 portraits sur acier, 10 fr.

HISTOIRE DU DIX-HUITIÈME SIÈCLE
1re série : — *La Régence.*   3e série : — *Louis XVI.*
2e série : — *Louis XV.*   4e série : — *La Révolution.*
Nouvelle édition en 4 vol. in-18 jésus, à 3 fr. 50

HISTOIRE DE LÉONARD DE VINCI
1 vol. in-8 cavalier. — Portrait.

HISTOIRE DE L'ART FRANÇAIS AU DIX-HUITIÈME SIÈCLE
1 vol. in-8 cavalier.

HISTOIRE DU 41e FAUTEUIL DE L'ACADÉMIE
DEPUIS MOLIÈRE JUSQU'A MICHELET
10e édition.—Portraits.—1 vol. in-8 cavalier.—4e édition format anglais.

LE ROI VOLTAIRE
SA COUR — SES FEMMES — SES MINISTRES — SON PEUPLE
SES CONQUÊTES — SON DIEU — SA DYNASTIE
7e édition. — Gravures. — 1 vol. in-18 à 3 fr. 50.

Mlle DE LAVALLIÈRE
ÉTUDE HISTORIQUE SUR LA COUR DE LOUIS XIV
1 vol. in-8 cavalier. — 6e édition.

VOYAGE A MA FENÊTRE
8e édition. — 1 vol. in-8 cavalier. — Gravures de Johannot.

LES POÉSIES COMPLÈTES
1 vol. elzévirien in-18. — Eau-forte. — 5 fr.

LES CENT ET UN SONNETS
1 vol. in-4. — Gravures et eaux-fortes. — 20 fr.

LES GRANDES DAMES
1 vol. illustré, 15 fr.

IMPRIMERIE ELZÉVIRIENNE DE D. BARDIN, A SAI: ' JL   .IN.

www.ingramcontent.com/pod-product-compliance
Lightning Source LLC
Chambersburg PA
CBHW072105020726
47501CB00003B/719

* 9 7 8 2 0 1 9 6 1 3 2 4 2 *